トリビュート百人一首

tribute Hyakunin Isshu

幻戯書房 編

幻戯書房

生まれかわる「百人一首」

「百人一首」は鎌倉時代のはじめ、藤原定家によって編まれたとされています。最初に天智天皇の歌を配し、小野小町や蟬丸ら詳しい生涯の伝わらぬ歌詠み、そして最後の順徳院まで、百人の優れた和歌を一首ずつ集めました。コンパクトな形ではありますが、およそ六百年という長い和歌の時間が凝縮された歌集となっています。物語や芸能など日本の多くの文化に影響をあたえ、江戸時代には「かるた」遊びとして庶民の間にも普及し、お正月の景色として今なお目にすることができます。

本書では、いま活躍する二十六人の歌人が、「百人一首」の新しい解釈に挑戦します。本歌から刺激を得て、ときに訳すように、ときに返歌するように、現代の言葉で新しい歌を詠み、鑑賞をつけます。ここでは掛詞や序詞も単なる古典の技法ではなく、命を新たに吹きこまれた、みずみずしい言葉として生まれかわります。音の響きに注目したり、詠まれた場面を現代にうつしたり、本歌との距離は百首百様ですから、それぞれの歌の表情の豊かさに驚かれることでしょう。

なにげなく口ずさむことの多い「百人一首」の意外な素顔に触れ、歌を詠まれる方も、古典にはじめて触れる方にとっても、ともに歌への扉をひらく本になることを願って刊行します。

二〇一五年二月　幻戯書房 編集部

［凡例］

本書に使用した百人一首の和歌、出典、詞書は『新版　百人一首』（島津忠夫訳注／角川ソフィア文庫／二〇〇三年）、『百人一首』（井上宗雄／笠間書院／二〇〇四年）、『百人一首ハンドブック』（久保田淳監修／小学館／二〇〇九年）を参照し、読みやすい形になるよう適宜仮名を漢字に改め、濁点や振り仮名を補うなどしました。

現代語の訳は右記書籍を参考とし、幻戯書房編集部で行いました。また本歌の作者の略歴についても、編集部にて作成しております。

トリビュート 百人一首

❖

目次

装幀・本文デザイン　緒方修一
カバー装画　苗村さとみ

トリビュート 百人一首

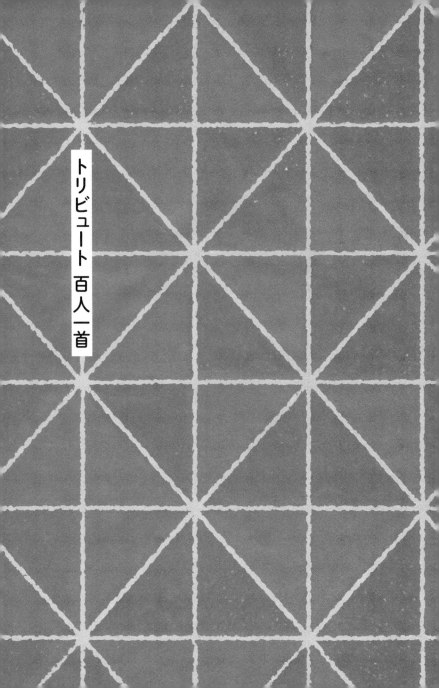

二〇一四年十一月二十三日鼠径部ヘルニアの手術をうく。
秋田生まれの看護師の刺した点滴に
わが袖ぬるる術後三日目

❖秋の田のかりほの庵《いほ》の苫《とま》をあらみわが衣手は露にぬれつつ
後撰和歌集　巻六・秋中・三〇二　詞書「題しらず」

001

Tenji Tenno 天智天皇 × 岡井 隆 Okai Takashi

……秋の田の仮小屋はほんとうに荒く葺いた粗末なものだから、ひとり番をしているわたしの袖も夜露に濡れているよ。

一四〇〇年後の御製

わたしは八十六歳になって老人性の病気である鼠径《そけい》ヘルニアの手術をうけた。住んでいるマンションから歩いて十分程のところにある病院に一週間入院した。手術は全身麻酔下で行なわれたから、わたし自身はなにも知らないうちにすべてがすんだ。

術前から術後にかけて数人の看護師さんに世話になった。昔、北里研究所附属病院に内科医として勤務したことがあるが、看護師（その頃は看護婦といった）は宮城岩手秋田など東北地方の人が多く生地の訛りを残していた。そのことを思い出して「秋田生まれの看護師」を創出した。術中から術後にかけて、左の肘の内側の静脈から点滴をうけた。大動脈弁の炎症を予防するための抗生剤を注入されたのだ。これでお終いという日に針がすこしずれて液が漏れた。この歌はその時のことを歌ったのだ。

本歌は天智天皇の御製とおききしている。その農業者によせられる感情の表現にあらためて感動した。というのもわたしは和歌御用掛として日頃、現天皇陛下の御製についてご進講申し上げる職務についているからだ。天智帝より一四〇〇年後の陛下の御製にも、その年に災害等の折にお会いになった人たちへの思いを詠まれることが多いのを思ったのである。

本歌は格調たかい名歌として知られているが、とりわけ「苫をあらみ」の一音のあまり（五音が六音になっている）のところが、この歌の美点なのであろう。（岡井 隆）

手術後にテープがはられることとなった。

やうやくに三日はすぎて鼠径部の
白妙の布とりかへられつ

❖春過ぎて夏来にけらし白妙の衣干すてふ天の香具山

新古今和歌集　巻三・夏・一七五　詞書「題しらず」

002

Jito Tenno 持統天皇 × 岡井 隆 Okai Takashi

……いつしか春が過ぎて夏が来ていたらしい。夏になると白い衣を干すという天の香具山に、まっ白な衣が干してある。

思いは推移して

術後三日目になると、ほとんどもう術痕のいたみはなく、異和感だけが多少感じられる程度のことになった。もち論痛み止めの内服薬はのみ続けていた。

毎日朝夕診に来ている主治医が、「もうこのガーゼはとってテープに代えましょう」と言った。

本歌の「春過ぎて夏来にけらし」は、単に季節の移り変りを歌ったものではないと承知している。『万葉集』では「夏来たるらし」「衣干したり」となっている。少年作歌開始のころよりわたしの好きな一首であった。実はこの白衣を干す行為にも、宗教的な意味があるので、その係りの女人たちがそこに出て来てする行事だときいている。この歌は、女帝持統天皇の御製とうけたまわる。わたしはご進講申し上げるときの美智子皇后のお歌の美しい韻律を想い出したりした。

わたしの歌の「鼠径部の白妙の布」というのは、事実そのままだ。鼠径部という、太腿のつけ根のところの、恥部にちかい微妙な場所ということもあって、主治医の外科医や看護師の処置をうけるたびに感ずることが多かったのだ。

「やうやくに三日はすぎて」の感慨には、どんな小さな手術であろうと、それを受ける身になってみないとわからない思いをこめたつもりだ。

手術前から手術後にいたる一週間のうちにわたしの心理的な現実も、一つの宗教行事の前と後のように推移し変化していった。（岡井 隆）

あしひきの山鳥の尾は知らないが
ながかつたなあ術直後の夜は

❖あしひきの山鳥の尾のしだり尾のながながし夜をひとりかも寝む
拾遺和歌集　巻一三・恋三・七七八　詞書「題しらず」

003

柿本人麻呂
Kakinomoto no Hitomaro

×

岡井 隆 Okai Takashi

……山鳥の長く垂れた尾、そのように長い長い夜を、わたしはたったひとりで寝るのだろうか。

ながき一夜

わたしは医師をしていた頃に、北里研究所附属病院の外に、福岡県立遠賀病院、国立豊橋病院に勤務した。私立病院勤務から地方公務員、国家公務員として働く日々に至るまで、病院というシステム、そこに働く人たちのありさまについて熟知しているつもりであった。

今度、自分自身が久しぶりに入院生活をすることとなり、短い期間ではあるが、手術室をはじめとして病室などを内側から体験することになった。三十代の時、内痔核の手術をうけたり、五十代の終り頃、十二指腸潰瘍による大吐下血をおこして、いずれも自分の勤務していた病院に入院したことがあるが、現代の病院は、その施設の自動化されている点においても、また、医師、看護師から清掃係の人にいたるまで、患者に対する態度や物言いが、すっかり変ってしまって患者本位に、親切になっているのに一驚した。

術直後の日の夜は、静脈注射の外に、一時間毎に血圧測定や心電図検査等があり、上腕や下腿に検査用のベルトが巻かれ、枕元のモニターにその数字が赤青等で表示される。それを担当の看護師が見に来てチェックしていく。そのためうとうとするだけで、ほとんど眠れない一夜をすごした。

人麻呂の、序詞をつかった巧みな一首には、今回は、人麻呂なる人物（個人）の存在をうたがう万葉学者の論などを想起するひまもなかった。「ながかったなあ」と、あの一夜をふりかえって詠嘆したことであった。（岡井 隆）

帰宅後久しぶりのわが家だった。
ベランダに打ちいでて見れば雪かむる
富士山が見ゆ　恵理子早《は》よう見《み》や

❖田子の浦にうち出《い》でて見れば白妙の富士の高嶺に雪は降りつつ
新古今和歌集　巻六・冬・六七五　詞書「題しらず」

004

Yamabe no Akahito 山辺赤人 × 岡井 隆 Okai Takashi

……田子の浦にでて遠くを見やると、まっ白い富士の高嶺に雪が降りしきっているよ。

妻よぶ富士

手術のあと、一週間で退院し、久しぶりにわがマンションの自家へ帰った。重い荷を輪のついたカバンに入れて、家妻につき添われて坂の多い道を、帰ったのである。

腹圧のかかるような仕事や姿勢をいましめられていたが、あとは、デスクワークならやってよいといわれていた。

術後一週間で、久しぶりの仕事始として、御所まで出かけて、両陛下へご進講申し上げた。毎年十一月から十二月にかけて、此の仕事はいそがしい時期をむかえるのだ。

わたしのマンションからは、南々西の方角に富士山が見える。見える日と見えない日が天候によってあるわけだが、夏には夏富士が冬には冠雪した富士が見えるのである。夕方、夕焼を背景にして紫色の富士が見えたりすると、家妻がわたしをよんで、「ちょっと見てごらんなさい」とベランダへひっぱり出すことがあった。

わたしは、その立場を逆転して、わたしが家妻をよんでいるところを一首にした。

本歌の赤人の場合、やはり「田子の浦」という地名が効いているし、「うち出でて見れば」という行為の表現が、この名歌を支えているのだと思っている。

こうしてわたしの手術日誌を背景にした四首は出来上がったのだが、わたしはこの同じ題材で、他にも多くの歌を作ったし、また現代詩（散文詩）も一篇、ものしたのであった。（岡井 隆）

身の裡《うち》の鋭き渦に揉まれつつ
声なき声を咽《むせ》ぶ秋の夜

❖奥山に紅葉踏みわけ鳴く鹿の声きく時ぞ秋は悲しき

古今和歌集　巻四・秋上・二一五　詞書「是貞親王の家の歌合の歌」（読人しらず）

005

Sarumaru Tayu 猿丸大夫 × 高島 裕 Takashima Yutaka

……奥山に降り敷いた紅葉を踏みわけ来て、妻を恋い鳴く鹿の声をきくとき、秋はかなしいものといっそう深く感じられるよ。

もの悲しさを連ねて

「奥山」「紅葉」「鳴く鹿」「秋」、そして「悲しき」。寂しさ、もの悲しさを畳みかけるように言い連ねる詠み方だが、それをうるさく感じないのは、この歌そのものが、わたしたちの美意識の規範だからである。「百人一首」を読むことは、わたしたち自身の心の底に宿る美の規範に向き合うことである。それは、一首一首の歌のよしあしを論《あげつら》うこととは、少し意味の違う営みである。

人里離れた深い山中、色鮮やかな紅葉（視覚）と、妻を恋うて鳴く鹿の切ない声（聴覚）との交響が、秋の寂寥を歌い上げる。一見何の疑問もなく受け取れそうな一首だが、この歌の解釈史をひもといてみると、幾つかの問題に気付かされる。まず、「踏みわけ」の主体は鹿であるとは限らず、人であるとも読める。また、出典の『古今和歌集』の配列から、「紅葉」はもともとは楓ではなく萩の「黄葉」であったらしく、すると季節は中秋となる。

この歌が時代を越えて読み継がれる中で、元々の歌意の如何とは別に、色鮮やかに散り敷いた楓紅葉を踏みわけて鹿が鳴く、晩秋の奥山の寂寥の景《イメージ》を歌い上げた名歌として、日本人の美の規範の地位を占めるに至ったのだ。この経緯は、美の規範集として編集され、方向付けられた「百人一首」というテキストの本質を語っているかのようだ。（高島 裕）

頬冷《さ》ゆるままに昴を探しゐつ、
雪積む里の真夜の静寂《しじま》に

❖ 鵲《かささぎ》の渡せる橋に置く霜の白きを見れば夜ぞ更けにける

新古今和歌集　巻六・冬・六二〇　詞書「題しらず」

006

中納言家持
Chunagon Yakamochi

高島 裕 Takashima Yutaka

……冬空に輝く天の川の、鵲が翼をつらねて渡したという橋に、あたかも霜が降りたように白々としているのを見ると、もう夜も更けたのだなあと思う。

天空をゆく異国の鳥

難しい歌である。言葉の連なりが美しく、愛誦性に富むが、ひとたび歌意に思いを致すと、途端にわからなくなってしまう。「鵲の渡せる橋に置く霜の」は、七夕伝説の幻想を冬の銀河に重ね合せていると読めるが、一方「置く霜の白きを見れば夜ぞ更けにける」は、目の前の、実景の霜それ自体が、夜の深まりを実感させているという、より現実的な情趣を詠んでいるととれる。前者の読みを貫こうとすれば、浪漫的な幻想とともに、天上の銀河の冴え渡る大きな景を描きながら、「夜が更けた」というような、あまりに日常的な抒情で詠み収めているのは尻すぼみの感が否めない。かといって後者の読みを貫こうとすれば、「鵲の渡せる橋」という表現が過剰で現実離れしていて、バランスを欠いている。「鵲の渡せる橋」を宮中の階段のことだとする説が現われた所以だが、読みとしては苦しく、無理がある。

このように読みが分れてしまうことをこの歌の瑕疵《かし》とするのもひとつの考え方であろう。だが、この歌の、言葉の連なりそのものの美しさに立ち返ったとき、歌意の如何にかかわらず、不思議に納得させられてしまう。それは、主調がa音からo音へとなだらかに移ってゆく音の連なりが、翼を大きくひろげて天空を行く異国の鳥が現われ、やがて遠ざかってゆく（あるいは翼を収めて地に降り立つ）イメージに、自然に合致するからだろう。やはり、歌は調べである。

（高島 裕）

沙の上《へ》に頸《くび》斬られ臥す青年の
しづかに光るブレスレットよ

❖天の原ふりさけ見れば春日なる三笠の山に出でし月かも
古今和歌集　巻九・羇旅・四〇六　詞書「もろこしにて月を見てよみける」

007

Abe no Nakamaro 安倍仲麻呂 × 高島 裕 Takashima Yutaka

……はるかに見れば月。かつて春日の三笠の山に出ていた、あの時と同じ月なのか。

望郷の痛みと運命の果てに

幼い頃、かるた取りが上手になりたくて、意味もわからずに「百人一首」を暗誦した。その中で、この歌だけは、仲麻呂の運命とともに、幼い私にもはっきりと理解でき、深く心を動かされたのを覚えている。

留学生として入唐《にっとう》して三十年余り、ようやく帰国の途に就くにあたり、唐の友人たちが催してくれた送別の宴で、折からの月を見て、故郷奈良を偲んで詠んだ歌だという。その後、帰国船は難破し、結局仲麻呂は二度と故国日本の土を踏むことなく、唐で一生を終えることになる。その運命を重ね合わせることで、この歌は一層悲劇的な響きを帯びて、読む者の胸に迫る。

「天の原ふりさけ見れば」も、「春日なる三笠の山に」も『万葉集』において数例見られ、当時の慣用表現であった。慣用的なフレーズを二つくっつけただけともいえる。また、この歌の成立事情が言われる通りだとすれば、帰国できなかった仲麻呂のこの歌が、どうやって日本に伝えられたのかという疑問も残る。

だが、そうした問題点は、この歌が永く読み継がれ、愛誦され続けてきたことの本質的な意味を損うものではない。「天の原ふりさけ見れば」という大景の提示から、遙かな過去の記憶の景へと連ねてゆく詠みぶりは、万人の心に、望郷の痛みと人生の悲劇とを呼び起こすのだ。

（高島 裕）

（挫折とか失意とかではないのにな）
吾妻と猫とふるさとに住む

❖わが庵《いほ》は都の辰巳《たつみ》しかぞ住む世をうぢ山と人はいふなり
古今和歌集　巻一八・雑下・九八三　詞書「題しらず」

008
Kisen Hoshi 喜撰法師 × 高島 裕 Takashima Yutaka

……わたしの庵は京から東南の方にあり、心静かに住んでいるのに、人は世をつらく憂く思う宇治山と言っているらしい。

知的ゆとり

とぼけたような詠みぶりの中に、ゆとりある、豊かな精神を感じさせる一首である。

この歌の解釈史において問題になってきたのは「しかぞ住む」である。「このように心静かに住んでいる」ととるか、下句を受けて「世を厭って住んでいる」ととるかで解釈が分かれた。一首の構成から考えて前者の解釈が自然だが、歌としての面白さからも、前者の解をとりたい。また、「しか」に「鹿」が掛かっているかどうかも議論の的になった。これは、この歌を読み味わうにおいて、どちらでもよいと思う。ただ、喜撰法師の時代をはるかに降ってから支配的になってきた厭世的な思想や美意識に影響されて、悲傷の代名詞たる鹿が、この歌の解釈の上に呼び込まれた可能性については押えておくべきだろう。

わたしたち日本人の美の規範集としての「百人一首」において、一首一首の歌は、もともとの作者の思いとは別の次元で、一定の方向付けのもとに解釈され、機能してゆく。だがこの歌の場合は、そのような後世の規範化に抵抗する、知的精神の強度を感じさせる。古注にもあるように、結句を「いへども」ではなく「いふなり」としてとぼけてみせたことが、「世をうぢ山」の掛詞の洒脱さと相俟《あいま》って、一種近代的な、知性に裏打ちされた精神の豊かさ、地位や名誉や物欲を離れたところに安らぎと喜びを見出す心のありようを、誇らかに主張している。（高島 裕）

色もなき情報降れる世に咲きて
移ろうものの息吹きなつかし

❖花の色は移りにけりないたづらにわが身世にふるながめせし間に
古今和歌集　巻二・春下・一一三　詞書「題しらず」

009

Ono no Komachi 小野小町 × 佐伯裕子 Saeki Yuko

……花の色はむなしくあせてしまった、長雨に降りこめられているうちに。そしてわたしの容色も衰えてしまった、むなしく物思いにふけっていた間に。

移ろうものの嘆きこそ

死があるから生が輝いている。老いがあるから若さが眩しい。散ってしまうから花は美しい。だから、この世の夢はこの世にて見よ、と告げられているようだ。森羅万象のことわりを、小野小町の歌は一行で表してしまった。小町は生没年不詳の平安初期の歌人、絶世の美女だったという。「花の色」には、「花」に自身の容色をなぞらえているという説と、「花」の移ろいのみをうたった春の歌として読む説がある。

日本文化のなかで培われた「色」という言葉は、色彩だけをいうのではない。微妙な美しさ、あるいは仄《ほの》かな雰囲気やあいまいな匂いのようなものを指している。明確に表現できない艶《つや》のある気配とでもいうのだろうか。

そのような微妙な色の衰えを小町が嘆いたとするならば、わたしはデジタル化と情報化の進む無機質な現代から返歌を届けたい。「色」の漂う余地もない情報社会にあって、花や容色のように移ろうものの息吹きは、むしろ新鮮で懐かしいものなのだ。小町さん、貴女の嘆きこそ生あるものの証しです。そういう思いを伝えたかった。

小町の歌のおもしろいところは、「わが身世にふる」といっている点だ。文字どおり、「私の身が生きている世」と解釈して、そのリアリティにわたしは感嘆するのである。

無常観を表しながら、現実的な個の存在を押し出したとも読めるだろう。小町は案外に欲の深い女性だったのではないだろうか。（佐伯裕子）

すれちがう人に二度とは会えぬ街、
東京に生きて人とはぐれぬ

❖これやこの行くも帰るも別れては知るも知らぬも逢坂の関
後撰和歌集　巻一五・雑一・一〇八九　詞書「逢坂の関に庵室をつくりてすみ侍りけるに、行きかふ人を見て」

010

Semimaru 蟬丸 × 佐伯裕子 Saeki Yuko

……これがあの、旅立つ人も帰る人も、また知っている人も知らない人も、逢っては別れ、別れては逢うという、逢坂の関なのだなあ。

二度とは会えない場所

平安朝の口語歌といえそうだ。蟬丸は生没年未詳の琵琶を弾く盲目の隠遁者、平安初期の伝説の人である。「逢坂の関」は、山城の国と近江の国の境にあった。その関のほとりに庵を結んでいたという。詞書《ことばがき》では「行きかふ人を見て」とあるが、わたしは、伝説どおりに盲目の歌人として読みたい。さまざまな人生を負った人々が出会う関のほとりで、「なんとまあ」など、関の賑わいに感嘆する蟬丸を想像させて心弾む歌である。

それにしても、賑やかな場所に隠遁したものではないか。スクランブル交差点、あるいは飛行機の発着所など、現在の人々が行き交う所と重ねてみる。現代では、そこは知らぬ同士がすれ違う所であり、「逢う」という点に焦点はおかれないだろう。蟬丸は、知らぬ同士が一瞬に「逢う」場所として関所を捉えるのだ。そのわずかな違いが、世界観の大きな差違を浮き彫りにしているように思われる。

返歌として、わたしが暮らす東京という街の歌を作ってみた。人の集合離散する東京は、人々が行ったっきりで二度とは会えない場所といっていい。そのような東京こそ隠遁の地にふさわしいのではないだろうか。寂しい隠遁はしたくなかった盲目の蟬丸が、人々の声や足音や衣擦れの音、馬の嘶《いなな》きに沸く関所のようすを、日がな耳を傾けて聞き入っているのである。どこか愛らしく、どこか切ない姿が浮かんでくる。「逢坂の関」の真の関守は、蟬丸本人だったのかもしれない。（佐伯裕子）

011

Sangi Takamura 参議篁 × 佐伯裕子 Saeki Yuko

❖わたの原八十島《やそしま》かけて漕ぎ出でぬと人には告げよ海人《あま》の釣舟

古今和歌集　巻九・羈旅・四〇七　詞書「隠岐の国に流されける時に、舟に乗りて出で立つとて、京なる人のもとにつかはしける」

緩慢な配流と告げよ老いゆくはダイオードの青き海にさすらう

……篁は、大海原のあまたの島々をめざして舟を漕ぎだしたと、都のあの人に告げておくれ、漁師の釣舟よ。

老いという寂しき海

平安前期、遣唐副使であった小野篁が嵯峨天皇の逆鱗にふれて流罪になり、隠岐《おき》の島に流された時の歌である。翌々年には許されて帰還したとはいえ、荒波のなかを航《ゆ》く旅は死と隣り合わせであった。配所に流される身の伝言を、心細くも波間に浮かぶ漁師の小舟に託すのである。たよりなげな小舟に託してでも伝えたかった「人」とは誰だろう。残してきた愛しい人が想像されるのだが、不特定多数の人々に、孤独な身の上を訴えたかったのかもしれない。だが、この一首、調べもりんりんと淀みがなく、配流の歌でありながら、胸を張って海に出る誇りが感じられる。「八十島かけて」の「かけて」に、つよい意志が見え隠れしているのである。死を背にしてなお己れを頼む堂々ぶりは、現代の日本人が失ってしまった姿といっていいだろう。

この一首をものにしたとき、篁は、歌の伝統につながる豊かさのうちに、配流に向かう心が救われていたのではないだろうか。みずからの歌の言葉で、悲しみを支える矜持を保つことができたのではないだろうか。

己れを頼む篁の堂々としたうたいぶりに対して、わたしは、「老い」という配所に怯える現代を歌にしてみた。情けないほど「老い」を恐れる日々を表したのである。世にも寂しいダイオードの青い光の海をさまよいながら、人は、日に日に老いという孤島に流されていくばかりなのである。（佐伯裕子）

いつでも女子とよぶなよわたしだって
人ごみで人おしやるこころ

❖天つ風雲の通ひ路吹きとぢよ乙女の姿しばしとどめむ

古今和歌集　巻一七・雑上・八七二　詞書「五節の舞姫を見てよめる」（良岑宗貞）

012

Sojo Henjo 僧正遍昭 × 望月裕二郎 Mochizuki Yujiro

天女からの返歌

……空吹く風よ、天女の雲の道を閉ざしておくれ。舞が終われば帰ってゆく乙女の姿をもう少しとどめておきたいので。

『古今和歌集』から採られ、「五節《ごせち》の舞姫を見てよめる」と詞書のある一首。

「天つ風」の「つ」は格助詞「の」の古い形だが、「の」の粘着性に対して、「つ」はずっと清潔で鋭い。「天」と「風」を接続しつつ、清廉に区別してもいる。五節という宮中行事が行われた旧暦十一月の冷たい風へ、さわやかに呼びかけるのである。

空吹く風に命じることは、雲間の通路を「吹きとぢよ」。拡散を予想させる「吹く」と収束へ向かう「閉じる」は、明らかに動作のベクトルが違う。その二語が複合動詞として組み合わされるのは、逆方向へ向かう二物がぎちぎちと押し合うような緊迫感がある。そしてその緊迫感は、助詞「つ」で結ばれつつ分かたれた「天つ風」と見事に響きあうのである。

風にそう命じたのは、舞姫を天女に見立て、天上へ帰したくない、地上にとどめておきたいとの願いからであった。天女が舞い降りたという伝説を巧みに用いた機知であるが、どうやらこの作者は、ある程度本気で目の前の舞姫に見とれているようにも感じられる。そう思われるのは、現代語の助動詞にはない、「む」の意志の強さ、切実さのせいであろう。

現代人にとって、古語の助詞、助動詞はいつでも新鮮だ。などと考えつつ、詠われている「女子」に注目していたら、訳じゃなくて返歌になってしまった。（望月裕二郎）

胸のほとりに個展をひらく「恋」という
題の絵画を自分でほめて

❖筑波嶺《つくばね》の峰より落つるみなの川恋ぞ積もりて淵《ふち》となりぬる

後撰和歌集　巻一一・恋三・七七六　詞書「釣殿の御子につかはしける」

013

Yozei In 陽成院 × 望月裕二郎 Mochizuki Yujiro

……筑波山の峰から流れ落ちるみなの川の水が、つもりつもって深い淵となるように、あなたを恋い慕う思いもこんなにも深いものになってしまった。

官能の滴り

上皇の御詠に対して恐縮だが、つまらない。

筑波山の山村に「お峰」、みなの川河畔の村に「お鶴」という若く艶《なまめ》かしい二人の美女がいる。お峰のふくよかな笑顔も人気だが、おれはお鶴のきりっとした無愛想にぞっこん惚れ込んでしまった。その恋はつもりにつもって、ブランド物のバッグやらアクセサリーやらたくさんあげたね。ミシュランガイド三つ星の京都のお店にもほとんど連れて行ってあげた。こんなにも金と時間を費やして、これはもう恋というか病気だ病気。不治《ふち》の病だ。でも、この前お鶴が友達と電話してるの聞いちゃった。「もう欲しいものだいたい揃ったし、行きたい店もほぼほぼ行っちゃったから、あいつとの関係切ろうと思ってんのよね」。お鶴にとっては、おれからの愛なんてただの援助、つまり扶持《ふち》に過ぎなかったんだ（「不治」と「扶持」の掛詞ね、うまいでしょ）。おれはただの金づるとしか思われてなかった。ああ、おれはなんて馬鹿な男なんだろう。

とでも解釈すればおもしろいだろうか。いや、筑波山は古代、男女が集まって互いに歌を詠みかわし、求愛して性を解き放ったという歌垣《うたがき》が行われた地として有名だ。男体、女体の峰があり、そこから発する川だから「男女川《みなのがわ》」。そこに水が滴り落ちて満ちるイメージ。なんてエッチなのだろう。深く意味など考えず、その官能的な雰囲気にどきどきするだけでいいのかもしれない。（望月裕二郎）

にっぽんのそこがびしょびしょ雑巾を
しぼりわすれたわたしのせいか

❖陸奥《みちのく》のしのぶもぢずり誰《たれ》ゆゑに乱れそめにしわれならなくに
古今和歌集　巻一四・恋四・七二四　詞書「題しらず」

014

Kawara no Sadaijin 河原左大臣 × 望月裕二郎 Mochizuki Yujiro

……陸奥のしのぶもじずりの模様が乱れているように、あなた以外の誰のせいで心が乱れはじめたわたしではないのに。

ことばの時間旅行

百人一首をろくに読んでこなかった私だが、河原左大臣のこの一首は、小学校時代に記憶した記憶がある。百人一首の中でも比較的有名というのもあるが、「もぢずり」の響きが私の名字「もちづき」に似ていて、耳に残りやすかったのだろう。意味なんてまるでわからなかった。

しかし、この音韻こそが、この歌の身上ではなかろうか。「しのぶもぢずり」という濁音の連打から「たれゆゑに」の清音への解放。この快楽によってのみ、当時すでに『伊勢物語』に引かれるほど、人口《じんこう》に膾炙《かいしゃ》したといっても過言ではない。下の句では散文的に、わたしの心が乱れはじめたのはあなたのせいですよ、と歌意を得るだけだ。

それにしても百人一首の歌たちは、行ったこともない地名を歌枕として詠み込んでみたり、ほとんど意味のない枕詞をあしらってみたり、掛詞で駄洒落をいってみたり、純粋な言葉あそびとして自由だ。近代を経て短歌は、作者の「人生」や現実に対する「リアル」を問われるようになり、窮屈になってしまった。当然平安期の歌だって、誰がどのような場面で詠んだかは鑑賞するうえで無視できない要素だ。しかし、約千年たった今もこれらの歌が読みつづけられているのは、作者や時代背景を離れて、言葉が自由に時間を旅し得たからではないか。近代以降の短歌で今後千年読みつがれる歌が、はたして百首とあるだろうか。（望月裕二郎）

何もない一日《ひとひ》でしたと書き送る
添付画像に屋根のあはゆき

❖君がため春の野に出でて若菜摘むわが衣手《ころもで》に雪は降りつつ
古今和歌集　巻一・春上・二一　詞書「仁和帝、親王におはしましける時に、人に若菜賜ひける御歌」

015

Koko Tenno 光孝天皇 × 石川美南 Ishikawa Mina

……あなたにさしあげようと早春の野に出て若菜を摘むわたしの袖に雪がしきりに降りかかっています。

淡雪に託して

光孝天皇の歌の出典は、古今和歌集・巻一・春上。「仁和帝《にんなのみかど》、親王《みこ》におはしましける時に、人に若菜《わかな》賜《たま》ひける御歌《うた》」と注がある。

本当に親王自ら摘んだのかどうかはさておき、手紙代わりに書き添える歌としては、なかなか洒落ている。贈られる相手だって、「雪の降る中、私が摘んだ若菜ですよ」と言ってもらった方が、真心を感じて嬉しいだろう。袖にしんしんと降りかかる淡雪の白と、摘んだばかりの若菜の鮮やかな青、色彩の対比も美しい。

だが、身分も地位も自信もなく、その上ひどい照れ性の私がこんなかっこいい歌を作って誰か(好きな人?)に贈れるかと言えば、どうにも無理なのである。若菜ならば、いくらでも摘もう。しかし、手紙を書く段になって手が止まる。「君がため」……うう、だめだ、とても言えん。

悩みに悩んだ挙句、せっかく摘んだ若菜は　鍋に入れて自分でむしゃむしゃ食べてしまう。深夜、「君」に短いメールを送る。今日も、(あなたのことを考える以外は)何事もない一日でした。添付ファイルに付けた消え入りそうな雪の画像に、ささやかな想いを込めて。

送信した後、読み返して肩を落とす。うーん、これでは遠回しすぎて全然気持ちが伝わらないぞ。照れ性にも、困ったものである。(石川美南)

待つうちに幹は育つて街に立つ
あなたの硬い肩、青い胸

❖立ち別れいなばの山の峰《みね》に生《お》ふるまつとし聞かば今帰り来む
古今和歌集　巻八・離別・三六五　詞書「題しらず」

016
中納言行平
Chunagon Yukihira
×
石川美南 Ishikawa Mina

……今は別れて因幡へ旅立つけれど、その山の松のように、あなたが待っていると聞いたらば、すぐにでも帰ってきましょう。

立ち尽くす街路樹

出典は古今和歌集・巻八・離別。斎衡《さいこう》二年（八五五）、行平が因幡守《いなばのかみ》となって赴任する際、見送りに来た人々に送った別れの歌ではないかと言われている。

「待つ／松」、「往《い》なば／因幡」と二通りの掛詞を駆使した技巧的な歌だが、それにしても、この寂しげな響きはどうだろう。ひとたび因幡に赴任すれば、しばらくは会うことができないのはお互いに分かっている。それなのに、別れ際に「（松のように）待っていてくれると聞いたならば、すぐに帰ってきましょう」なんて言われてしまったら、ますます寂しくなってしまうんじゃないだろうか。赴任先に生えているであろう「いなばの山の峰」の松も、どこか心細げに佇んでいるように思われるのである。

新訳は、なかなか戻って来ない人を待って立ち尽くす街路樹を思い浮かべて作った。帰りを待つ心はずっと変わらなくとも、月日が流れれば、幹は太り、枝は広がり、柔らかかった枝先も次第に硬くなっていく。次に会うとき、わたしたちはお互いの姿をちゃんと見分けることができるのだろうか。

元の歌のように凝縮された掛詞を、現代語で再現するのはなかなか難しい。「待つ／街」「硬／肩」と、少しだけ韻を踏んでみた。（石川美南）

奇才異才大河なす秋　着飾って
デザインフェスタの闇へ繰り出す

❖ちはやぶる神代《かみよ》も聞かず竜田川からくれなゐに水くくるとは

古今和歌集　巻五・秋下・二九四　詞書「二条の后の春宮の御息所と申しける時に、御屏風に竜田川にもみぢ流れたるかたをかけりけるを題にてよめる」

017

在原業平朝臣
Ariwara no Narihira Ason

石川美南 Ishikawa Mina

……神代にも聞いたことがない。竜田川にまっ赤な紅葉が散り敷き、その下を水が流れるなんて。

神代にもない奇想

出典は古今和歌集・巻五・秋下。「水くくる」については、昔から「くぐる＝紅葉の下を水が潜る」という解釈と、「くくる＝紅葉の色に水をくくり染めにする」という解釈があった。百人一首にこの歌を選んだ定家はどうやら前者と捉えていたふしがあるが、現在の定説は後者。くくり染め（布をところどころ糸で括って染め残しを作る染色方法）のように、川の色と、そこを流れる紅葉の色とが、まだらに入り混じっている様子を描写しているのである。

風景を図案的に捉えた大胆な表現だが、それもそのはず、この歌は実際に竜田川を目にして詠んだのではなく、屏風の絵を前にして詠んだ歌なのだ。

絵を題にして詠むという方法は九世紀中頃から流行したものだが、自然と直接向き合うのではなく、文字や画像を通して間接的に摂取するという態度は、現代人にも通じるところがあるかもしれない。

元の歌の歯切れ良いリズムを生かすべく、新訳も二句切れに。屏風の中を絢爛たる紅葉が流れていく様子を、大規模なアートイベントの〈暗いエリア〉に人々が集う場面に転換してみた。「ちはやぶる神代」にもなかった奇想天外なアートやデザインが次々に生み出される現代、その華やかさと暗さ。在原業平が見たならば、どんな歌を詠んだことだろう。（石川美南）

墨《すみ》の絵《え》のなかにいるひと
たゆたっている
なみですね
まるであなたは。

❖住《すみ》の江《え》の岸に寄る波よるさへや夢の通ひ路人目《ひとめ》よくらむ
古今和歌集　巻一二・恋二・五五九　詞書「寛平御時后宮の歌合の歌」

018

藤原敏行朝臣
Fujiwara no Toshiyuki Ason
×
今橋 愛 Imahashi Ai

……住の江に寄せてはかえす波ではないけれど、夜の夢の中の通い路でさえも、あなたは人目を避けて、逢ってはくれないのでしょうか。

夢にも来てくれへんの

夢をうたった歌では小野小町の足もとにも及ばない。と何だか厳しい意見もあるようだけど、わたしはこのうたがすき。それは、岸に寄る波　よるさへや。くりかえすと音がすごく心地いいから。岸に寄る波　よるさへや。ざざあ　ざざあと波の音が聞こえてくる。波の音は千年前とかわっていないのだと思うと、うれしい。

片思いは、自分のきもちしか確かなものがない。何の約束もない。次にいつ会えるのかもわからない。わからないと、もっと不安になる。

あの人は普段、人目を気にする。それを慎重と言えば聞こえはいいけれど、大切にしているもの。そんなん全部なくしてほしい。それやのに。会いに来てくれない。だから、せめて。夢で会えますように。と願うのに。夢にも来てくれへんの。岸に寄る波　よるさへや。夢うつつでまどろんでいるわたしの前にも。岸に寄る波　よるさへや。ひたひたと波がうち寄せるのです。墨《すみ》の絵《え》（水墨画のこと）の色の。しずかな夜です。目をつむったまま。岸に寄る波　よるさへや。波の音しかしない。やっぱり一人はさみしいよ。岸に寄る波　よるさへや。たゆたう波は。岸に寄る波　よるさへや。あの人みたい。ただ、たゆたっている、だけ。

『万葉集』では、住ノ江《すみのえ》に墨江・墨吉など墨の字をあてている例があるというところから、イメージを広げた。夢でさえも会えない人を心に思い浮かべるとき。墨の絵の中にその人はいて、色付《カラー》きで浮かばないくらいにいつも遠いのだった。（今橋 愛）

醒ケ井《さめがい》の梅花藻《ばいかも》の白い花ほども
ふれず
こころに
さわったひとよ

❖難波潟《なにはがた》短き蘆《あし》のふしの間も逢はでこの世を過ぐしてよとや
新古今和歌集　巻一一・恋一・一〇四九　詞書「題しらず」

019

Ise 伊勢 × 今橋 愛 Imahashi Ai

……難波潟の蘆の短い節々の間ほどの、ほんのわずかな時間さえも逢わずに、生きろとおっしゃるのですか。

うつくしい呪文

作者の伊勢は、藤原時平・仲平兄弟や宇多天皇、その皇子である敦慶《あつよし》親王など、多くの男性から好意を寄せられた。中でも敦慶親王から求愛を受けたのは彼二十六才、伊勢三十六才の時。当時、四十才は初老の年だったと言うので、若さを失っても、なお魅力的な方だったのだろうと想像する。

あわでこのよをすぐしてよとや。すとんすとん。とすべての音が。すべておさまるところにおさまりながら。くねるような。この感じは何なん。けっこうきついこと言っているのに。品があって。あわでこのよをすぐしてよとや。ひびきの中の女らしさ。いじらしさと。言い切る強さ。すごい女の人。あわでこのよをすぐしてよとや。聡明さ。こんな完ぺきな音で、相手の心に爪を立てられたら。どんなにかむくわれることやろう。と思うとき思いだすものを思いだせるときには。あわでこのよをすぐしてよとや。こんなきついことを言うのは。すきやから。すきやから、わかってほしかったんです。あわでこのよをすぐしてよとや。そうか。これはうつくしい呪文なんやね。

だったらわたしも同じくらいうつくしいもので歌をつくろう。滋賀・醒ヶ井《さめがい》の梅花藻《ばいかも》。それは見てみたいとずっと思っている、白い小さな水中花。

こころにさわったひとよ。は、「人よ」と、愛する人への呼びかけでもあるけれど。人をすきになるのは一瞬が永遠になってしまうことやから「一夜」、「一世」も掛けた。こころからすきだったこと。伝わりますように。（今橋 愛）

あれこれに
つかれてかえった大阪で
またあえた
あえたね。
灯台《てらすひと》に

❖わびぬれば今はたおなじ難波《なには》なるみをつくしても逢はむとぞ思ふ
後撰和歌集　巻一三・恋五・九六〇　詞書「事いできてのちに京極御息所につかはしける」

020

Motoyoshi Shinno 元良親王 × 今橋 愛 Imahashi Ai

……噂が立ち辛く思う今となってはもう同じこと。難波の澪標のように、この身を滅ぼしてでもあなたに逢おうと思います。

気になる一夜めぐりの君

京極の御息所《みやすんどころ》とのひめごとが露見してしまった後、せっぱ詰まった状況で、この歌をよんだ。京極の御息所は宇多天皇の女御、彼女は人妻だった。みをつくしても逢はむとぞ思ふ。もう一度あなたに逢えるのなら、どうなったってかまわない。下の句の勇敢なところ。とてもすきだ。

元良親王のことを知るとき。最初に「一夜めぐりの君」というあだ名とともに、彼が色好みで有名だったこと、そのエピソードが出てくる。けれど、父・陽成院（一三番）が天皇を退位させられたことによって、皇位継承の第一候補の地位を失ってしまうという彼の身の上などを知ると。ああ、そうだったのか。と、なんだか気の毒になってくる。「一夜めぐりの君」として、恋事の、いろんな感情をぜんぶ味わいつくすこと。彼は、そうすることで束の間、つらい現実を忘れようとしたのだろうか。

そんなことを考えていると、勇敢な恋の歌が、権威へ命がけの挑戦をする歌へ。がらっと顔を変える。わびぬれば今はた同じ——生まれてきたときからどうしょうもないのやから、今さらどうなったってしょうもないことや。とてもさびしい音になる。

さて、私のほうはというと、みをつくしが澪標（船が浅瀬に乗りあげないよう、目じるしとして立てた標識）と掛かっているところから、ヒントをもらってつくりはじめた。灯台という言葉に夫への思いをこめた。（今橋 愛）

ぼくもです。と
きみからメールが来て
わたし
こころだけになって
ずっとまってた

❖今来むといひしばかりに長月の有明の月を待ち出でつるかな
古今和歌集　巻一四・恋四・六九一　詞書「題しらず」

021

Sosei Hoshi 素性法師 × 今橋 愛 Imahashi Ai

……「近く行くよ」とあなたが言ったばっかりに、待ち続けて、九月の有明の月が出るまで待ってしまいましたよ。

こころだけになって

作者、素性法師は男性だけど、恋人の訪れを「待つ」女性の立場で、この歌をよんだ。この当時は、男性が女性のもとに通う通い婚が普通で、女性はいつも待つ側だった。「今来むと」は、使いに託して恋人が伝言してきたという状況が想定される。それに対して、新訳ではメールという言葉を使うことに。

そして、わたしは思いだしてみる、誰かを待っていたときのことを。待っているとき。会いたさでこころが、身体からとびだしていってしまいそうだったこと。待っているとき。たとえば本を読んでいても、現実感がなくふわふわとして。文字は少しも目に入らない。待っているとき。ふと。着信音が鳴ったような気がして、あわてて携帯電話を探す。でもそれは、自分のバッグについているスパンコールが照明の加減で、一瞬。きらっと光っただけだったこと。待ちすぎると何だか心が冴えて、五感まで少し変になって。待っているぶんだけ、すきになる気がしたこと。もっと時間がたつと、二度と会えないようで気だるい。それでも、ひょっとしたら連絡があるかもしれない。耳を澄ましたまま眠る。

電話かかってきたのに緊張しすぎてとれなかったこともあったな。どきどきしながら携帯電話がふるえるのを見ていた。とれなかったけど話せなかったけど、わたしの名前忘れていないのだとうれしかった。すきな人を待っていたとき。

あまやかに。しばらくわたしは思いだしていた。（今橋 愛）

酉の刻すぎて汲みゆく氵《さんずい》に
水鳥のごとくぷかぷかと酔ふ

❖吹くからに秋の草木のしをるればむべ山風《やまかぜ》を嵐といふらむ

古今和歌集　巻五・秋下・二四九　詞書「是貞親王の家の歌合の歌」

022

Hun'ya no Yasuhide 文屋康秀 × 田村 元 Tamura Hajime

……吹いたそばから秋の草木がしおれてしまうので、なるほど山風を嵐というのであろう。

和歌とダジャレ

「嵐」という字をよく見ると、「山」と「風」という字からできている。そこに着目して詠まれたのが文屋康秀の一首だ。しかも「嵐」には、「荒らし」という山風が吹きすさぶ様子をあらわす言葉も掛けられている。言葉遊びの歌であり、現代風に言えば、ダジャレの歌だ。「うまいこと言うなあ」と読者に思わせることができたら一本勝ちなのである。こういうダジャレを、秋の情感のあふれる一首のなかに、いかに目立たずに自然なかたちで忍びこませるか。それが歌人ならではのテクニックというものだ。

現代では、職場でダジャレばかり言っているおじさんは、若い女子職員から嫌われてしまうのがオチなのだが、百人一首の時代には、和歌の世界で一躍スターになれたのである。現代のおじさんたちのダジャレも、もしかしたらその源流は和歌の言葉遊びにあったのかもしれないと思うと、日本の伝統としてあたたかく見守ってあげたい気持ちになってくる。

新訳の一首では文屋康秀の歌にならって言葉遊びに挑戦してみた。私はお酒が好きで、夕暮れどきにしんみりと傾ける一杯は何物にも替えがたい。そこで「酒」という漢字を部首ごとに解体して作ってみたのだが、果たしてうまくいったかどうか。まだまだおじさんにはほど遠いと思っているので自信がない。(田村 元)

秋かぜの駅のホームのうどん屋の
わが身にひとつ黄身を添へたり

❖月見ればちぢにものこそ悲しけれわが身ひとつの秋にはあらねど
古今和歌集　巻四・秋上・一九三　詞書「是貞親王の家の歌合によめる」

023

Oe no Chisato 大江千里 × 田村 元 Tamura Hajime

……月を見ると心が千々に乱れて悲しく感じられるよ。わたしのためだけの秋ではないけれど。

立ち食いうどんの秋

秋になってだんだん肌寒くなってくると、ちょっとしたきっかけでかなしい気持ちになることがある。本当はいつだってかなしいはずなのだが、秋という季節に限っては、かなしみを大っぴらにうたい上げてもいいのだという暗黙の了解が、日本人の心に染み付いているのではないだろうか。大江千里の一首も、月を見上げたときに感じた秋のかなしみをうたったものだが、下の句で「わが身ひとつの秋にはあらねど」と言っており、いったん他者を経由して、自己のかなしみを述べているところがこの歌の優れたところだろう。あくまでうたわれているのは〈私〉のかなしみなのだが、この歌の下の句は、〈私〉ひとりのかなしみを超えて、同じようにかなしみを抱くあまたの人びとのことを思わせる。現代の短歌でもそうだが、自分の気持ちばかりが全面に出ていると、読者に過剰な負担がかかってしまい、共感を得るのが難しい場合が多い。この一首は、自己のかなしみをうたいながらも、他者に繋がる回路が残されているところが、名歌として今も広く愛されている理由ではないだろうか。

新訳の一首は、大江千里の歌から「わが身」という語を拝借して、月の代わりに月見うどんを題材にした。私は立ち食いうどんが好きで、今でもときどき食べるのだが、カウンターに並ぶサラリーマンたちの後ろ姿は、やっぱり秋が一番しっくりくるように思う。（田村 元）

湯の宿を出でてしばらくかへりみる
エンドロールのごとき紅葉を

❖このたびは幣《ぬさ》も取りあへず手向山《たむけやま》紅葉の錦神のまにまに
古今和歌集　巻九・羈旅・四二〇　詞書「朱雀院の奈良におはしましたりける時に、手向山にてよみける」

024
Kanke 菅家 × 田村 元 Tamura Hajime

……急な旅で幣帛の用意もできていません。手向山の神よ、代わりに錦のように美しいこの紅葉を御心のままにお納めください。

紅葉のエンドロール

宇多上皇（朱雀院）が奈良に御幸《みゆき》したときに、お供をした菅家（菅原道真）が手向山で詠んだ歌である。「紅葉の錦」を「幣」（供え物）の代わりに神に捧げると言っており、機知に富んでいるとともにスケールの大きさを感じさせる歌である。手向山の紅葉の美しさを褒め称えるために、どんな表現をもってくるか。「紅葉の錦」だけではさほどの驚きはないが、「神のまにまに」と詠んだことで一気に壮大な歌になった。上の句の「幣も取りあへず」で一旦トーンダウンしたうえで下の句の盛り上がりに繋げており、緩急のある一首に仕上がっている。

とてもうまい歌なのだが、個人としての道真が紅葉を見て味わった感動のようなものはあまり伝わってこない。現代風に言えば、道真は上司の出張に同行していた訳で、上皇の御幸を少しでも盛り上げていこうという気苦労のようなものが、華美な言葉の裏側から伝わってくるように思う。サラリーマンとして組織の中で働いている私から見ると、なんとなく肩が凝ってくるような一首なのである。

新訳の一首では、道真の歌の背景からは離れ、紅葉の美しさに焦点をしぼることにして、プライベートで紅葉狩りに行ったときのことを詠んだ。山の斜面いっぱいに広がる紅葉を、ひなびた温泉街から見上げながら、短い休暇を振り返っていたのだった。（田村 元）

逢ひたさを込めて最後の一皿に
〈たらば〉を頼む回転寿司屋

❖名にし負はば逢坂山のさねかづら人に知られで来るよしもがな

後撰和歌集　巻一一・恋三・七〇〇　詞書「女につかはしける」

025

Sanjo no Udaijin 三条右大臣 × 田村 元 Tamura Hajime

……逢坂山のさねかずら、「逢ふ」「さ寝」の名を持っているのならば、そのさねかずらを手繰るように、誰にも知られずあなたのもとに行く手だてがほしいのだけれど。

逢いたさを〈たらば〉に託して

この三条右大臣の一首は、『後撰和歌集』に「女につかはしける」という詞書とともに収められているので、女性に贈った歌と考えるのが自然だろう。山の名である「逢坂山」には「逢ふ」が、植物の「さねかづら」には「さ寝」が掛けられており、あなたと逢って一夜をともに過ごしたいという気持ちを詠んだ一首である。

現代の短歌は、不特定多数の読者へ向けて作られていることが多いので、こうした特定の個人へ贈られた歌を読むとあらためて新鮮に感じる。たった一人の読者へ向けて詠むという濃密さに惹かれるのだが、この歌が公に知られるようになった経緯が気になる。作者の三条右大臣が「あのとき、こんな歌を詠んだんだ」と言って、自ら歌会の席で披露したりしたのだろうか。それとも、「女のもとにつかはしける」というのはフィクションで、題詠のような単なる設定に過ぎなかったのだろうか。いずれにしても、恋しい人に逢いたいという願いは、現代のポップソングまで含めた古今東西の詩歌のテーマになっており、言葉に願いを託すという行為には、人間が詩歌に向き合う根源的な欲求のようなものが感じられる。

新訳の一首では、掛け言葉に逢いたさを託すという手法で作ってみた。独身のころ、回転寿司にはよく行ったものだ。ひとりで寿司をつまみに飲みながら、物思いに耽っていたのである。

（田村 元）

小倉山凍った紅葉葉あざやかに
（みゆきまたなむ）こころはこころ

❖小倉山峰の紅葉葉《もみぢば》心あらばいまひとたびのみゆき待たなむ

拾遺和歌集　巻一七・雑秋・一一二八　詞書「亭子院大井川に御幸ありて、行幸もありぬべき所なりと仰せたまふに、事の由奏せむと申して」

026

Teishin Ko 貞信公 × 加藤治郎 Kato Jiro

……小倉山の峰の紅葉よ。もしお前に心があるのならば、このまま、もう一度の天皇の行幸を待っていてほしい。

永遠の紅葉

宇多上皇が、小倉山の紅葉の美しさに感動してわが子醍醐天皇にもぜひ見せたいと言ったのである。親心である。それを受けて、貞信公が詠んだ歌。もう一度、天皇の行幸を待っていておくれ。そなたに心があるならばと紅葉に訴えるのである。

ところで、ほとんどの百人一首の解説書には、もう一度ある行幸までこのまま〈散らないで〉待っていてほしいと記されている。しかし、歌にはどこにも〈散らないで〉とはない。不思議である。季節は巡る。春に桜は咲き、散る。そして翌春、桜は咲く。巡る季節を愛す。それが日本人の自然観だろう。であれば、紅葉も散って、またの行幸のときにその美しさを見せてくれたらよい。つまり、小倉山の紅葉の季節ごとの風景がそのままであればよいのだ。おそらく、本歌の「心あらば」「待たなむ」の強さが〈散らないで〉という注釈を誘発したのだろう。

それにしても、散らないでそのままある紅葉とは不思議である。春も真紅の葉であるか。それは無粋な想像だろう。そうではない。この鮮やかな紅葉の風景よ。永遠にこのままであれ。そう祈念しているのだ。

冬を迎えた紅葉を想像する。いつまでも散らない。紅葉は凍りついて、さらに色を深めている。時空を超えて行幸を待っているのだ。（加藤治郎）

みかの原みたこともないひとを恋う
いつまでもいつまでも泉川

❖みかの原わきて流るるいづみ川いつ見きとてか恋しかるらむ

新古今和歌集　巻一一・恋一・九九六　詞書「題しらず」

027

中納言兼輔
Chunagon Kanesuke
×
加藤治郎 Kato Jiro

……みかの原を分けて湧き流れる泉川ではないが、あのひとを「いつ見た」といって今こんなにも恋しいのだろうか。

いつみきとてかの恋

いつみきとてか、いつみきとてか、とつぶやく。なんと力強い音韻だろう。「いつみき」が強く「とてか」がその音をしっかり受けている。上句の「いづみ川」までが、音として「いつ見」を引き出す序となっている。音だけではない。「わきて」すなわち「分きて」は、恋する人に届かない切ない思いを伝える。同時に「湧きて」であり、まさに恋の初めの湧き出す思いとなっている。風景と心情が一体なのだ。

実際も、みかの原を泉川が分断するような景色である。歌人は虚に遊んでいただけではない。こういう実景を共有し、大切にしていたのだろう。

この歌は「未だ逢はざる恋」である。「見る」は「逢ふ」と同じだ。成就する前の恋である。その人の面影を思い、恋い焦がれているのだ。

昔々。実際に相手の姿を見ることは恋の成就に近かったのだろう。歌や音曲から見ぬ人を思い、恋は始まった。ほのかな姿であるからこそ恋は燃え上がる。写真や動画、情報が氾濫する現在。なにもかも分かったような錯覚に陥る。ボタンをクリックすればすぐ繋がることができる。そんな簡便な時代に「いつみきとてか」という激しい音が生まれることはない。われわれは、何処に流れてゆくのだろう。（加藤治郎）

東京の冬はさみしいあちこちに☆★★☆★☆☆○☆★○★☆☆

❖山里は冬ぞ寂しさまさりける人目《ひとめ》も草もかれぬと思へば
古今和歌集　巻六・冬・三一五　詞書「冬の歌とてよめる」

028

源宗于朝臣
Minamoto no Muneyuki Ason

加藤治郎 Kato Jiro

……山里では冬はことに寂しさが感じられたよ。人の訪れも、草も枯れてしまうので。

きらきらの寂しさ

山里の冬は寂しい。人が訪れることもなくなり、草も枯れてしまう。やがて、雪が降ってくる。いや、雪が降ってくれたら、白一色の世界となる。枯れた草が見える時の方が寂しいのだ。

今でもそうだろう。山里の地方の過疎化はとどまるところを知らない。若い人は、高校を卒業すると東京に行ってしまう。故郷に就職先があれば帰ってくる。しかし、それがないから、そのまま東京に残るのである。故郷には老人と子どもしかいない。

まして、冬。帰省もままならない。都会の暮らしも楽ではないのだ。お金を使い果たして、部屋に籠る。映画を観にゆくわけでもなく、食事をするでもなく、街をふらふら歩くのだ。

東京の冬はまばゆい。イルミネーションがきらめく。赤、緑、黄、青、赤、緑、黄、青…。白、白、白…。白、白、白…。

そして、十二月。クリスマスシーズンになると、街はさらに輝く。人人人で溢れる。ふと心が弾む。そして、客引きの人に呼び止められる。思わず顔をそらす。そうだった。独りであることに気づくのだ。

LEDの明るい白が、いつまでも追いかけてくる。

山里と都会。どちらが寂しいだろう。（加藤治郎）

白菊に初霜降りる明けがたの
あなたは淡い息をしている

❖心あてに折らばや折らむ初霜の置きまどはせる白菊の花
古今和歌集　巻五・秋下・二七七　詞書「白菊の花をよめる」

029

凡河内躬恒
Oshikochi no Mitsune

加藤治郎 Kato Jiro

……もし折るとすれば、あて推量に折ってみようか。まっ白な初霜を置いて、見分けがつかなくなっている白菊の花を。

白菊の真実

正岡子規は「嘘を詠むなら全くない事、とてつもなき嘘を詠むべし、しからざればありのままに正直に詠むがよろしく候」と書いた。「歌よみに与ふる書」である。躬恒のこの歌は「一文半文のねうちも無之《これなき》駄歌に御座候」と容赦ない。つまらない嘘だとこきおろしたのである。明治三十一年（一八九八）のことである。

ノボさん、そこまで言わなくても、いいんじゃないでしょうか。小生、現代のリアリストにて候。この歌を考えてみますに、どうも嘘とは思えないのです。凡河内躬恒は、三十六歌仙のひとりでしたが、官位は低かったのです。苦しい生活だったことは想像に難くありません。実は、躬恒の視力はひどく弱かったのです。時によって、ほとんど見えないこともあった。

春の夜の闇はあやなし梅の花色こそ見えね香やは隠るる

この歌にもその様はうかがえます。

「心あてに」は、リアルな所作なのです。まばゆい光のなか、菊の記憶を頼りに手を伸ばします。が、それは指の貼りつくような霜でした。そんな壮絶な姿がこの歌には見えます。

え、ノボさん、何ですって？　よく聞こえません。

「おもしろき嘘なり……」（加藤治郎）

空に月、地上にあなたありたりと
永遠《とわ》の暁に息をつく

❖有明のつれなく見えし別れより暁ばかり憂きものはなし
古今和歌集　巻一三・恋三・六二五　詞書「題しらず」

030
Mibu no Tadamine 壬生忠岑 × 内山晶太 Uchiyama Shota

……そ知らぬ顔をして残る有明の月のように、つれないあなたと別れてから、暁ほど辛いものは他にありません。

月とあなた

つれなかったのは月か、あなたか、その両者か。どの解釈も成立するのだろうけれども、個人的にはより重層的な読みをとりたい。明け方まで姿を見せなかった相手は、月のようにつれなく、かつ月のように美しかったのだろう。そのつれなさと美しさはきっと正比例の関係にある。つれなければつれないほど、その相手が美しく見える。月は空にあり、あなたは地上にいる。その空と地上という遠くはなれたもの同士が、詠み手である壬生忠岑を通じて引き合っている。そして、月とあなたを「美しさ」で括るとき、不思議と下句の憂いがより肉感を伴ってあらわれてくる。詠み手の体のなかに流れていただろうあまやかな微電流が、こちら側にも渡ってくるのである。さらにこの歌の特長として、憂きものをつれない相手ではなく、暁という時間帯に移している点を挙げることができる。一日に必ず訪れる一定の時間帯を憂きものとしていることにより、物憂い時間が永遠に近い状態で繰り返されること、すなわち詠み手の永遠の執着がかすかに示されているとも言えるのである。

訳するにあたっては、原文では表にあらわれて来ないその永遠性にスポットを当ててみた。それと同時に、詠み手の動作を一首のなかに入れることで、「憂き」という直接的な感情を歌の奥のほうに沈めている。（内山晶太）

ほのぼのと月のひかりの積もりたる
夜明けかと見ゆ雪の外《おもて》は

❖朝ぼらけ有明の月と見るまでに吉野の里に降れる白雪
古今和歌集　巻六・冬・三三二　詞書「大和の国にまかれりける時に、雪の降りけるを見てよめる」

031
Sakanoue no Korenori 坂上是則 × 内山晶太 Uchiyama Shota

……夜明けに有明の月の光かと見まごうばかりに、吉野の里に降る雪よ。

雪あかりの月

この歌は一見、叙景歌のようにも見えるが、その核心となっているのは雪あかりを月のひかりとする理知的な見立てである。雪あかりを月のひかりとする見立てそれ自体は、特段めずらしいものではなく、実際に雪あかりを月のひかりと見間違ったというよりも、頭のなかの処理によって架空の「見る」という動作が発動しているように感じられる。とはいえ、理知が大きな風景によって包み込まれることで、一首がなめらかかつ自然なものへと整えられている点、やはりすぐれた歌であるだろう。初句「朝ぼらけ」の独特なひびきも、雪の降る寒さにあって、やわらかな印象を与える一要因になっているかもしれない。積雪に関して、深く積もった雪であるという説とうっすら地面を覆うくらいの雪であるという説があるようだけれども、月の淡いひかりを想起させる雪の量としては後者の説のほうが歌の読みとしてしっくりするのではないだろうか。

新訳では、吉野という土地の限定をはずし、より一般的な風景として鑑賞できるようにした。「吉野」をはずしてしまうことで一首の趣きがそがれてしまう面もたしかにあるけれども、あえて一般的風景にすることで現代に通じる感覚を盛り込みたかった。また、原作の理知の強さを、多少なりともゆるめるように叙述を変えてみた。（内山晶太）

水流にもみじ降らせてしがらみとなす
大いなる風の作為は

❖山川に風のかけたるしがらみは流れもあへぬ紅葉なりけり
古今和歌集　巻五・秋下・三〇三　詞書「志賀の山越えにてよめる」

032
Harumichi no Tsuraki 春道列樹 × 内山晶太 Uchiyama Shota

……山のなかの川に風がかけた柵、それは流れようとして流れきれないでいる紅葉であったのだ。

交差するダイナミズム

山のなかの渓流に色鮮やかな紅葉が散り、それが水の流れをせきとめるまでに溜まっている情景である。紅葉はそれだけでも綺麗なものだが、透きとおった山の水の流れの下にあるとき、また別の趣きを帯びて見えたはずだ。豪華な色彩でありながら、一方で寂れたイメージをも併せもっているこの情景をそのまま素直に詠んでも十分だったのかもしれないが、しかし作者はそうしなかった。紅葉の美しさ、それが水底に溜まっている侘しさを詠むのではなく、水と風と紅葉とが交わることで生まれるダイナミズムを詠んだのである。水底に溜まった紅葉を柵と捉えなおす目の付けどころが優れているのはもちろん、それは風がかけたものだという把握に力がある。擬人法はなかなかうまくいくことがない手法であるけれども、それがうまく機能している。今でもなお読む者に迫ってくる一首であり、当時の人びとの読後感がどれほどのものだったのか大変興味を持つ。

新たに訳する際には、この歌の持つダイナミズムをどう生かすか非常に悩んだ。仔細な描写によって風景のダイナミズムを表現するのと違い、この歌のダイナミズムはもっと鷲摑み的なものである。原作の構文もシンプルで、端的に言えば「しがらみは紅葉である」というだけである。なので、できるだけ新訳の構文もシンプルなものにした。（内山晶太）

ひかりというひかりののどかにあるものを
せわしなく散るはなびらの春

❖ひさかたの光のどけき春の日にしづ心なく花の散るらむ
古今和歌集　巻二・春下・八四　詞書「桜の花の散るをよめる」

033

Ki no Tomonori 紀友則 × 内山晶太 Uchiyama Shota

……光のどかなこの春の日に、どうして落ちついた心もなく桜は散っているのだろう。

はなびら一枚の時間

春の日、光のなかをせわしなく散っていく桜が詠われている。一首のなかに「しづ心なく」という表現が入っているものの、全体的におっとりとした印象の歌である。のどかな春の一日に散っていくはなびらの数について、「しづ心なく」という文言を重視すると、やや風が強く、たえまなく花が散っている様子をあらわしているとも思える。そうすると、一首のなかに含まれる時間の幅は比較的短いものになるのだが、「のどけき春の日」を重視すると、無風の空間に一枚散り、少し時間をおいてもう一枚散っていくような、つまり一首の時間の幅は長くなる。歌のおっとりした印象をも加味すれば、後者の読みがふさわしいのではないか。桜のはなびら一枚が散る様子をよく思い出してみると、風があってもなくても忙しく回転しながら散っていくものである。なので、後者の読みでも、「しづ心なく」という部分を一枚のはなびらの散る忙しさと読めば問題ないはずである。この歌では「ひさかた」「光」「春」「花」とハ行の言葉がくり返し登場し、良いアクセントになっている点も特徴であると言える。

新訳では、この「ハ行」の繰り返しという特徴を受け継ぎ、一枚のはなびらが散るさまにスポットを当てて詠んでみた。おっとりとした春の一日を背景として、そこにせわしなく動きながら散るはなびらの様子が読み手に伝わったならば幸いである。（内山晶太）

暮れ暮れの公園に人のかげもなく
高砂の松は風に吹かるる

❖誰《たれ》をかも知る人にせむ高砂《たかさご》の松も昔の友ならなくに
古今和歌集　巻一七・雑上・九〇九　詞書「題しらず」

034

Fujiwara no Okikaze 藤原興風 × 沖ななも Oki Nanamo

……年老いた私は誰を知友としたらよいのだろう。あの高砂の松も昔からの友ではないのに。

絶対的なるもの

長生き、長寿といえばめでたいことだが、当の本人にしてみれば、単にめでたいとも言い難いのかもしれない。連れ合いや友人と共に長生きするならいいのだが、一人残ってしまった場合、どれほど寂しいだろうかと思う。周りが若い人ばかりになると話題が合わない。時代のずれが生じる。疎外感に苛まれるだろう。

暮れかかった公園に出掛けていっても誰もいない。松でさえ風に吹かれるばかり。何処吹く風といった風情。松はいかにも長寿のようだが、どんな思いでいるのか、長寿を託《かこ》っているのだろうか。おそらくそうではないのではないか。松は長寿を喜ぶでもなく託つでもなく、飄々と、淡々と、超然と何ものにも拘《こだわ》らないのではないかと思う。老いを託つ人間を、むしろじっと見ているのではないか。

人は、どんなときに老いを感じるのだろうか。体が思うように動かなくなった時、あるいは記憶力が落ちたとき、あるいは能率が落ちたとき、あるいは……。

周りに友人が居なくなったことに、ふっと気がついたときもその一つではないだろうか。時代の舞台からはみ出しているような孤独感が老いを意識させる。時の流れは誰にも止められない。絶対的なものの前で無力なのが人間なのかもしれない。（沖ななも）

花の香にいざなわれゆくふるさとの
君住むあたりにふと行き惑う

❖人はいさ心も知らずふるさとは花ぞ昔の香に匂ひける

古今和歌集　巻一・春上・四二　詞書「初瀬に詣づるごとに宿りける人の家に、久しく宿らで、ほど経てのちに至れりければ、かの家のあるじ、『かく定かになむやどりはある』と言ひ出して侍りければ、そこに立てりける梅の花を折りてよめる」

035

Ki no Tsurayuki 紀貫之 × 沖ななも Oki Nanamo

……人はさあどうでしょう、心のうちは分かりません。けれど昔なじみの里に花だけは昔とおなじ香で匂っていますよ。

行き惑うひと

故郷は変わらないけれど人間の心は（あなたの心は）どうなのですかという、親しい間柄で軽くジャブを打ち合うような歌だが、いかにも優雅な知的応酬といったところか。

王朝の美意識が余すところなく表現されている感がある。変わるものに対して愛惜の思いを抱くのが私たち日本人の常だ。本歌はむしろ人は変わっても故郷は変わっていないというように、変わっていないことに安らいでいるようでもある。故郷が変わらないからこそ、変わってしまった心に対する思いがわいてくるのだろう。

故郷、故郷は無条件に懐かしい。ましてや花の咲く時期ならさらに。花に誘われて故郷を訪ねてみる。私のことなんか覚えている人はもういないだろう。いっしょに草を摘んだ彼女、まつりを見に行ったあの子、縄跳びの得意なあの子。なかでもどうしても会ってみたい人が一人いる。

うろ覚えの、君の家の近くまで行ってみる。なかなか見つからない。うろ覚えのせいだけではない。どうやら街が変わってしまったようだ。街が変わり、君も住んでいないのだろうか。君も変わってしまったのだろうか。

私の歌の結句の「行き惑う」は、もちろん道のことだが、自分の越し方行く末に戸惑っている気持ちも、少しある。（沖ななも）

語る間もあらで短夜さわさわと
わが月読《つくよみ》の帰る空かな

❖夏の夜はまだ宵ながら明けぬるを雲のいづこに月宿るらむ
古今和歌集　巻三・夏・一六六　詞書「月のおもしろかりける夜、あかつきがたによめる」

036
清原深養父 Kiyohara no Fukayabu × 沖ななも Oki Nanamo

夏の夜はまだ宵のうちと思う間に明けてしまったが、沈む暇もない月は雲のどのあたりに宿っているのだろう。

月読男のうしろ姿

空を詠った自然詠ということになるのだろうが、ちょっと世界を広げて、月への愛、月夜見への愛として、短夜ということだけに絞ってみた。

おとこおみなにとって夜は貴重な時間。夜が短いなんてさみしい。短い逢瀬を楽しむ間もなく、つれなくも帰ってゆく月読男。

ツクヨミは月の神さまとされている。月読男というのだから男の神さまなのだろう。夜の世界を治める。そうなれば当然昼を治める神さまもいる。天照大神ということになる。ギリシャ神話にも太陽神アポロン、その妹のアルテミスが月の神。こちらは女神さまだ。アルテミスはつまりダイアナと同じらしい。ダイアナは片方では狩猟の女神ともいう。

だんだん勇ましくなってくるが、日本の月の神は男性で、あくまで私のイメージのなかでは、当然ながらイケメン。そのイケメンがさわさわと衣の裾（きょと言うらしい）を引きずりながら帰っていくのである。もしかしたらこんなときには長い裾など引くような姿ではなかったのかもしれないが。

つれない男、つれない空を見上げて、長い裾のような薄雲のなかに消えてゆく姿を見送るわたし。わが月読は今ごろ何処に。（沖ななも）

つなぎとめる糸もたざれば白露の
玉と散りけり恋夢がたり

❖白露に風の吹きしく秋の野はつらぬきとめぬ玉ぞ散りける
後撰和歌集　巻六・秋中・三〇八　詞書「延喜の御時歌めしければ」

037

Fun'ya no Asayasu　文屋朝康　×　沖ななも　Oki Nanamo

……白露に風が吹きつける秋の野は、さながら緒を通してつなぎとめていない珠玉がはらはらと乱れ散ったようだ。

露の恋

秋の野原の露。はかなくも美しい露。

露とは空気中にある水蒸気が冷えた空気の……などと無粋なことは言うまい。

葉の上にあるときは一列に繫がって見えることもあるが、風が吹けばちりぢりに。まさに頼りなくはかないもの。玉は宝珠でもある。繫ぎとめるもの、力強いものが欲しいのだけれど。人の命も、人と人との関係も、愛も、頼りなく心細い。だからこそ求めもし、繫ぎとめておこうともする。しかしその露の美しさは、はかなさにあるのだから何とも言いようがない。

秋の野と白露。日本人好みの風景が織りなす心の綾とでもいうのか、えも言われぬ微妙な美の世界なのである。

ばらばらになってしまう玉（宝）を繫ぎとめておく手段を持たない私は、ついに手放してしまうほかない。もともと夢物語だった私の恋。

夢も恋も幽かで儚い。人の夢がはかないから「儚い」と書くのだ。

「露」は、露の命とか涙の喩えとか、とにかく儚いものを連想するが、「露打つ」という言葉がある。「遊里などで祝儀・心づけとして金を与える」ことだという。おそらく僅かな金子《きんす》とか、儚い金銭とでもいう意味だろう。こういう場所はしばしば絶妙な言葉を使うものだ。（沖ななも）

遠のけばきれいなきみの首すじに
半月の刃の落つるをゆめむ

❖忘らるる身をば思はず誓ひてし人の命の惜しくもあるかな
拾遺和歌集　巻一四・恋四・八七〇　詞書「題しらず」

038

Ukon 右近 × 佐藤弓生 Sato Yumio

……忘れられるこの身は何とも思いません。ただ神にまで誓ったあなたの命が神罰によって失われるのではと惜しく思われることです。

執着の冴え

作歌事情が『大和物語』第八四段に見られる。「をとこの『忘れじ』と、よろづのことをかけて誓ひけれど、忘れにけるのち言ひやりける」。「をとこ」は藤原敦忠《あつただ》（四三番歌の作者）かと考えられている。この歌への「かへりごとは、え聞かず」、つまり返しはなかった。

解釈の分かれる歌であり、〈思はず〉で切るなら、この恋は忘れようという決意になる。〈思はず誓ひてし〉と続けるなら、いずれ忘れられるとは思いもせずに誓ったという自嘲になる。また〈惜し〉を皮肉ととるか哀惜ととるかでもニュアンスが異なる。いずれにせよ誓いを破れば神罰がくだるという俗信にもとづいているが、言葉どおり後者とったほうが、いじらしい。

しかし、いじらしいだけの気持ちであれば表現行為で神を刺激する（？）こと自体をためらうのでは、とも思う。〈人〉はすでに思い出の人である。思い出の中でなら、愛した人のどんな姿も——美しい姿も哀れな姿も——想像し、創造することができるではないか。

昭和の女性たちによる、次のような短歌を連想した。自由恋愛時代らしい舞台のひろがりのなかにもやはり、優しさと苦さの入り混じる執着の冴えはある。

出奔せし夫が住むといふ四国目とづれば不思議に美しき島よ　中城ふみ子

妻を得てユトレヒトに今は住むといふユトレヒトにも雨降るらむか　大西民子

（佐藤弓生）

茅《かや》はらの穂ならぬ炎ほのかにも
かたむく夜かあなたの閨《ねや》へ

❖浅茅生《あさぢふ》の小野の篠原忍ぶれどあまりてなどか人の恋しき
後撰和歌集　巻九・恋一・五七七　詞書「人につかはしける」

039
Sangi Hitoshi 参議等 × 佐藤弓生 Sato Yumio

……浅茅の生える野辺の篠原、その「しの」ではないが、あなたへの思いを忍びこらえているけれど、思い余ってどうしてこんなにも恋しいのだろう。

忍び入る炎

『後撰和歌集』の詞書には「人につかはしける」とあり、忍ぶ恋ながら、相手に詠みかけた歌となっている。『古今和歌集』よみ人知らずの歌〈浅茅生の小野の篠原忍ぶとも人知るらめや言ふ人なしに（あの人は私の思いを知っているだろうか、いや知らないだろう、それを伝える人なしには）〉の序詞をそのまま用いていることには、どのような意図があったのだろうか。

序詞はここで「しのはら→しのぶ」という音のつながりを生むためのフレーズにすぎないが、〈浅茅生〉も〈小野の篠原〉も具体的な語であり、実景を思い浮かべずに読むほうが難しい。〈浅茅生〉は、丈の低いチガヤの生えているさま。ススキに似るが、初夏に銀白色の穂を出し、寒くなると紅葉する。〈小野の篠原〉は地名というより、野（「小」は接頭語）の篠（細い竹）の原をあらわす歌語であり、笹の葉が風にさやぐようすが聴覚を呼びさます。

序詞による五感のウォーミングアップのあと、『古今和歌集』の歌ではさびしげな嘆きとして保たれたその温もりを、〈忍ぶれど〉という強い逆接表現に続けてさらに熱っぽい問いかけに転じたのが、三九番の歌であるという気がする。問いはまだ自問を離れていない。しかし夜ふけには、思いの細い炎が闇をななめに流れ、〈人〉の夢へ忍び入らないともかぎらない……。

チガヤの英語名 Japanese blood grass から、ひとすじの妄執を、妄想した。（佐藤弓生）

ひとといるまひる　わたしの水だけが
ルビーの色に変わる　いつから

❖忍ぶれど色に出でにけりわが恋はものや思ふと人の問ふまで
拾遺和歌集　巻一一・恋一・六二二　詞書「天暦御時の歌合」

040

Taira no Kanemori 平兼盛 × 佐藤弓生 Sato Yumio

……こらえ忍んできたけれど、とうとう表に出てしまったよ、わたしの恋心は。「物思いをしておいでですか」と、ひとが尋ねるまでに。

恋の色変わり

兼盛の歌において顔色、表情を指す語「色」は、思えば文字どおり、いろいろな意味をはらんでいる。あえて即物的に、色彩としてとらえるとき、恋はどんな色をしているだろう。ガルシア＝マルケスの小説「無垢なエレンディラと無情な祖母の信じがたい悲惨の物語」では、恋する若者がガラスのコップや瓶に触れるとその色が青く変わり、勘づいた母親に「相手は誰なの？」と問われる。恋は色そのものより、色の変化で喩えられるべきかもしれない。

この四〇番は、村上天皇の天徳四年（九六〇）に行われた内裏歌合《だいりうたあわせ》において、次の四一番と「忍ぶ恋」の題で番《つが》えられた歌である。天徳内裏（天暦御時）歌合は史上に名高いイベントだった。歌学書『俊頼髄脳《としよりずいのう》』『袋草紙《ふくろぞうし》』『和歌童蒙抄《わかどうもうしょう》』などに詳しい。

忍ぶ恋と「色」の組み合わせについては、『古今和歌集』よみ人知らずの歌〈思ふには忍ぶることぞ負けにける色には出《い》でじと思ひしものを（思う心に忍ぶ心が負けてしまった、顔に出すまいと思っていたのに）〉などが発想元と考えられる。忍ぶ恋のテーマは、恋う相手をうたうというより、ときに第三者の視線も借りて自分の心を見つめるためのものだったようだ。

歌合の判者の藤原実頼《さねより》は勝敗を決められず、天皇の気色（この「色」は、機嫌）をうかがうと、天皇はひそかに兼盛の歌を口ずさんでいた。そこで、こちらが勝《かち》になったという。（佐藤弓生）

春の手でしらしら明けの空に名を
書きちらされて――おれは、おまえが

❖恋すてふわが名はまだき立ちにけり人知れずこそ思ひそめしか
拾遺和歌集　巻一一・恋一・六二一　詞書「天暦御時の歌合」

041

Mibu no Tadami 壬生忠見 × 佐藤弓生 Sato Yumio

……わたしが恋をしているという噂は早くも立ってしまった。あなたのことを心の中で思いはじめたばかりなのに。

番いの運命

四〇番の拙訳はルビー（紅玉）の色合いにしたので、紅白歌合戦にならって四一番は白を思わせる言葉および男性一人称を使ってみた。一夜明けたら知れわたっていた、という感じである。名を書くといえば昭和の青春ドラマや漫画では、いや実生活でも、登校すると黒板に相合傘《あいあい》の図と同級生の名が書かれていたりしたが、いまの学生もやっているのだろうか。

忠見の歌の「名」は実名のことではなく、噂とか評判といった意味である。四〇番と四一番は、実際に歌合《うたあわせ》の対戦相手だった。四一番の歌が負けとなり、忠見は落胆のあまり「不食の病」で亡くなったと、鎌倉後期の仏教説話集『沙石集《しゃせきしゅう》』は伝える。著者の無住《むじゅう》は「道を執する習ひ、げにも覚えて、哀れなり」と述べている。

忠見憤死の逸話は無住の創作と言われるが、平安後期以降の歌合が遊びを超えた学問の「道」にして人物評価の場でもあったことはたしかである。どちらも真剣な兼盛と忠見の、では、どちらの歌が本当は優れているのだろう。私見では僭越《せんえつ》ながら、兼盛歌では〈忍ぶれど色に出でにけりわが恋は〉の倒置法に、忠見歌では〈人知れずこそ思ひそめしか〉の係り結びにそれぞれ余韻を感じる。すると上の句である〈忍ぶれど……〉を先に口ずさむことになりそうだ。

これまでも、これからも、兼盛の歌と番《つが》いで読まれる運命を負った一首である。（佐藤弓生）

〈永遠の愛〉なんて愛あるならば
追いかけようか波の速さで

❖契りきなかたみに袖をしぼりつつ末の松山波越さじとは

後拾遺和歌集　巻一四・恋四・七七〇　詞書「心変りて侍りける女に、人に代りて」

042

Kiyohara no Motosuke 清原元輔 × 大松達知 Omatsu Tatsuharu

……つよく約束しましたね。互いに涙に濡れた袖を絞りながら、あの末の松山を波が越えることがないように、けっして二人も変わるまいと。

波の速さで

〈新訳〉を作ろうとして古歌に向き合うと、ただ読んでいるときよりも歌人の息遣いが生々しく迫ってきた。当時、ひとりの人間が存在し、脳と身体を熱くして、日本語で歌を作ったという事実。そのひとりの頭と肉体にひとりの現代人として立ち向かう感覚は爽快だった。こんなにふくよかな言葉の層の上にさらに千年の層を継いでわれわれ現代日本人は生きている。そう実感するとき、改めて文化と歴史の厚みに驚愕する。

初句「チギリキナ」のイ段音の雷鳴のような響き。心が切り裂かれるような音の並びと初句切れ。辛く傷ついた心の中からなんとか一言だけ叫び声をあげることができたような一声だ。「契る」のニュアンスは遠回しだからこそかえって肉体性を感じさせる。そして二句目以降は危うく立ち直って絞りだすように、やわらかく相手の心変わりをなじる。この緩急のバランスは〈代作歌〉ならではの冷静さなのかもしれない。

この歌は、『古今和歌集』の「君をおきてあだし心をわがもたば末の松山波も越えなむ」（東歌）が本歌であるという。「末の松山」は宮城県多賀城市にあると言われる。八六九年の貞観地震の際にはこの十メートルほどの丘の下まで津波が来たと言う。「決してない」はあり得ないことを東日本大震災を経たわれわれは知っている。恋の力はどうなのであろうか。（大松達知）

大きいと思って見てた夏の雲
君の大きさ知るまでの雲

❖逢ひ見てののちの心にくらぶれば昔はものを思はざりけり
拾遺和歌集　巻一二・恋二・七一〇　詞書「題しらず」

043
権中納言敦忠
Gonchunagon Atsutada
×
大松達知 Omatsu Tatsuharu

……逢って契りを結んだ後の、恋しくてならない心に比べれば、あなたに逢う前の物思いなど、何でもないものでしたよ。

君の大きさ

敦忠は延喜六年（九〇六）生まれ。三十代後半で亡くなっている。琵琶と和歌に巧みだったそうだ。今ならギターを弾けて小説も書ける国家公務員という感じの男性だっただろうか。

「逢ひ見て」とは、顔を合わせることではない。契りを交わす、つまり男女が肉体関係を持つことを指す。一見奥ゆかしそうな言葉だが、かえって即物的で直截的な言い方でもある。当時の語感は想像しづらく、現代語でとらえようとすると俗になりそうだ。こういう言葉が符牒《ふちょう》として流通していた時代。人々の想像力の奥行きを思う。

今の猥雑《わいざつ》な言語状況からみると、それはエロチックとか艶めかしという感じとも違う。リアリティーの前に記号としての言葉の壁が立ちはだかっている印象もある。それはおそらく、現代短歌のように日常生活内の物品が登場したり、作者ひとりにとっての特殊な場面が設定されていたりしないからであろう。

あくまで普遍的な恋の場面を約束内の言葉で表す。だからこそかえってそのルール内ではひとつひとつの言葉が深く濃く響く。そして、一つの場面を抜けだして、〈恋〉の苦悩の中心に剛球がひとつ投げつけられたような力強さが感じられるのである。「昔はものを思はざりけり」の語感が千年あとにまで重いのである。（大松達知）

ああ君というにくたいの海嶺を
記憶のなかのわれは越えゆく

❖逢ふことの絶えてしなくはなかなかに人をも身をも恨みざらまし
拾遺和歌集　巻一一・恋一・六七八　詞書「天暦御時の歌合」

044

中納言朝忠
Chunagon Asatada

大松達知 Omatsu Tatsuharu

……逢うことが全くないのならば、かえって、あの人の冷たさも私の身の辛さも恨みはしないだろうに。

知ってしまったからこそ

天徳四年（九六〇）に行われた〈歌合〉は、これ以降の歌合の規範となった。題の提示から一ヶ月で開催されたという。その一首にどれだけの時間と労力が費やされたのか、想像に余りある。十二あった題のうちの最後の題が「恋」五番（五ペア＝十首）であった。その判詞（コメント）で「詞清《ことばきよ》げなり」と評された。「オオコトノ」（アウコトノ、ではない）と伸びやかに歌い出し、「なかなかに」と小気味よいリズムから、ヒト・ミのイ行音を核にした対句、結句のマ行音の響きなど、分析してみるとかなり計算されていることがわかる。ただ、それぞれの音は全体の中で響き合うもの。結局は、読者の感性に突き刺さるかどうかが問われるのは、当時も現在も変わらないだろう。

〈恋〉の題の他の歌は「未逢恋」（未だ逢はざる恋＝まだ肉体関係の無い段階の恋）だから、この歌もそう解釈すれば言葉のままで止まる。男女関係がないけれど思いを遂げたい、と相手の薄情さと自分の懊悩を述べる歌になる。しかし、そう清らかな解釈をするのが人間ではない。（当時もそうであったのだろう。）その背後には「逢不逢恋」（逢うて逢はざる恋）がある。一度相手の体を知ってしまったからこそ、いまは会えない状況を嘆くのである。

現代にも通じる原初的な人間感情を箴言《しんげん》のように言った一首。これを定家が百人一首に選んだ眼力を思う。（大松達知）

死ぬほどに君を思って死ぬならば
それでよし君はそういう女

❖あはれともいふべき人は思ほえで身のいたづらになりぬべきかな
拾遺和歌集　巻一五・恋五・九五〇　詞書「物言ひ侍りける女の、のちにつれなく侍りて、さらに逢はず侍りければ」（一条摂政）

045

Kentoku Ko 謙徳公 × 大松達知 Omatsu Tatsuharu

……かわいそうにと言ってくれるはずの人も思いあたらないで、この身はむなしくなってしまうのでしょうよ。

命がけの恋

ほんの一握りの人が文字を読めた時代。文化と政治を背負った人生を思い、文化すなわち和歌という凝縮された形式内での苦しみも想う。謙徳公は謚名《おくりな》（死後に贈られた称号）。それが今でも残るほどの作者・藤原伊尹《これただ》。父は右大臣になり、妹は天皇の息子三人を産んだ。四十八歳で亡くなる直前には、摂政や太政大臣という宮廷の第一人者にもなった。今で言うところの高級官僚であり大物政治家だが、イケメンであり生活は優雅であったらしい。その彼がこういう、ちょっとなよなよとして後ろ向きにも見える歌を作ったのがおもしろい。

いや、なよなよではなくて、文字通り命がけの恋という想定の歌なのだろう。現在では、「死ぬ」という言葉は比喩的に使われるほどに軽い場合がある。しかし、平安中期は、人はいつ死ぬかわからないという覚悟があったはずだ。交際していた女性が冷たくなって逢ってくれなくなった。同情してくれる人はいない。だからむなしく死んでしまうだろう、という。しかし、そのように相手を恨み怒る強さは、後ろ向きの物言いではない。一方的に相手を責める歌は平安時代の恋歌にはない。それは相手にもう一度振り向いて欲しいとはたらきかける方向の強さである。恋というものの究極の孤独をこのような全身全霊からの言葉で投げかけたのだ。古語の柔らかな響きの中に底流する強さを想う。（大松達知）

雲海を潜りつつなほ旅客機は
航路をゆくか　ゆかぬとて、さて

❖由良《ゆら》の戸を渡る舟人かぢを絶えゆくへも知らぬ恋の道かな
新古今和歌集　巻一一・恋一・一〇七一　詞書「題しらず」

046

Sone no Yoshitada 曾禰好忠 × 光森裕樹 Mitsumori Yuki

……由良の海峡を渡る舟人がかじをなくして漂うように、どこへゆくのか分からぬ恋の道であるよ。

漂いのゆくえ

飛行機の中ではゆっくり眠りに落ちる気がする。入眠までの深さを感じながら、現在地を表示するモニターをぼんやりと眺める。海を示す青地に白く引かれた航路の上を、飛行機の記号が点滅している。分厚い雲に入ってより、窓の外はながく白いままだ。モニター上にはひとつも表示されていない雲の中を飛んでいる。本当に航路の上を飛んでいるかどうか、証明するすべもない。たとえ道を誤っていたところで、今の私にできることは眠ることぐらいだ。

曾禰好忠は、梶《かじ》がなくなった舟に重ねつつ、どうなるか分からない恋を詠んだ。今の時代にあっては、どうなるか分かることの方が少ないかもしれない。歌の舞台を空に移したうえで恋愛の枠組みをはずしつつも、本歌との繋がりを求め、「(雲)海」「潜」「航(路)」という水に縁のある言葉を含めた。「旅客(機)」「(航)路」についても、本歌の「(恋の)道」から枝葉の伸びた先にある言葉と言えるだろうか。現代短歌においてほとんど語られることのない〈縁語〉を意識して歌を詠むのも、面白いものかもしれない。

少しばかり偏屈で、新奇性に富んだ歌を詠む歌人。曾禰好忠にはそんな説明がつくことが多い。いつの時代のどの分野にもひとりはいる変わり者と言えるだろうか。そんな変わり者にも、水面をとぷとぷと漂うような恋があって——と思いを馳せつつ、やがて私は眠りの底に辿り着いた。(光森裕樹)

秋は来ぬ旅先に観ておそらくは
亡き人ばかりのエンドロールに

❖八重《やへ》むぐら茂れる宿の寂しきに人こそ見えね秋は来にけり

拾遺和歌集　巻三・秋・一四〇　詞書「河原院にて、荒れたる宿に秋来といふ心を人々よみ侍りけるに」

047

Egyo Hoshi 恵慶法師 × 光森裕樹 Mitsumori Yuki

……むぐらが幾重にも生い茂ったこの家の寂しさ。訪ねる人もないが、秋だけはやって来たことだ。

無限のスクリーン

世界中の映画館はひとつの空間に繋がっている気がする。重い扉を押して入る。部屋の大きさやスクリーンのサイズは異なっていても、室内灯が落ちて映画が始まると、距離や大きさの感覚が失われ、同じ空間に帰って来たような気持ちになる。周囲の席からする笑い声やおどろきの声も、やがては映画の効果音として予め収録されていたもののように聞こえ、ひとりであることの豊かさにこころが満たされる。それを求めて、旅先でも映画館に入ることが多い。古い時代の映画には、それに関わった人々がみなこの世を去ったものもあるだろう。暗闇の中に座った生者と、まばゆいスクリーンに踊る死者。その違いが混沌とするところに、映画は終わる。

恵慶法師の歌には人の気配はなく、秋の気配だけがある。それ以上のものごとを呼び込まないように、歌のまわりに垣根が丁寧に巡らされている。人々はその垣根の外から、秋の寂しさを文字通り垣間見るのだ。

学校で和歌を学ぶと、掛詞や序詞などの技法ばかりが語られる。そのため、どうしても歌というものは、如何にして三十一文字《みそひともじ》という狭い空間にものごとを詰め込むかばかりが意識されているように感じてしまう。私も、その延長線上に歌を詠む癖がある。だから、三十一文字に映画館のような無空間性を備えた恵慶法師の歌には、すくなからぬ憧れがある。（光森裕樹）

うつされたる口癖ひとつふたつみち
満つる月夜のいつより薫る

❖風をいたみ岩打つ波のおのれのみ砕けてものを思ふころかな

詞花和歌集　巻七・恋上・二一一　詞書「冷泉院春宮と申しける時、百首歌たてまつりけるによめる」

048

Minamoto no Shigeyuki 源重之 × 光森裕樹 Mitsumori Yuki

……風がはげしいので岩に打ち寄せる波がひとり砕け散るように、あの人はつれなくて、私だけが思い悩むこのごろよ。

想いの熱量を隠して

口癖は流行り風邪のように人から伝染されるような気がする。好感を持っている人とは限らないが、意識せざるを得ない人がいると、物の見方や考え方を自然となぞってしまう。その結果が新しい口癖として現れるものなのだろう。もう二度と会えない人の口癖が、自分の中にいくつも生き続けていたりする。その人にも、私の口癖がひとつぐらいは伝染っていたりするのだろうか。いや、そんな人じゃなかったな。うん、とふかく自分の中で納得する。

源重之の歌にも、そんな一方向の想いの強さがある。その〈想いの強さ〉の裏側には、相手の影響力の強さが等しく貼りついているわけで、そこに同情してしまう。波の強さ、そしてそれに動じることのない岩の強さ。雄大な風景を恋の様相に繋げる手際の良さは注目に値する。けれども、「風がはげしいので（波が強く立つ）」という照れ隠しのような理由付けには、可愛らしさを感じてしまう。きっと風がなくとも、想いの波は岩を打ち続けたのではないだろうか。

「砕け」る海辺の本歌をひっくり返して、「満つる」月夜を舞台に詠んでみた。また、風景と心情をゆるやかに繋げる序詞的な骨格は、「ひとつ、ふたつ……いつ（つ）」という数詞に変えて織り込んだ。すんと薫る月夜に、人からもらった口癖をつぶやいてみる。言葉遊びのような歌になったが、それはそれで照れ隠しの効果もありそうで、案外気に入っている。（光森裕樹）

想ひとはあさなゆふなをあもりつく
雪の神経伝達物質

❖御《み》垣《かき》守《もり》衛士《ゑじ》のたく火の夜《よる》は燃え昼は消えつつものをこそ思へ

詞花和歌集　巻七・恋上・二二五　詞書「題しらず」

049

大中臣能宣朝臣
Onakatomi no Yoshinobu Ason

×

光森裕樹　Mitsumori Yuki

……宮中の門を守る衛士の焚く火が、夜は激しく燃え、昼は消えるように、夜は恋こがれ昼は身も心も消え入るほどに物思いをしているよ。

螺旋状の世界の恋

もの想いに耽りはじめると、自身はかたつむりのような存在で、世界のすべてが螺旋状の殻の中にあるような気がする。普段は、美しい花をみつけて感動したり、鳥の啼き声に郷愁を感じたりするものだが、かたつむり化してしまうと、その流れがくるりと逆転する。人を想う気持ちが世の桜を散らし、鳥を悲しく啼かせる。自らと連動してしまう世界のなかで、何が主観で何が客観なのかも分からなくなる。殻の中から世界を追い出せるまでの、あの辛さと言ったら。

大中臣能宣の歌も、世界がすっかりかたつむりの殻の中に収まっている。どんな日でも、衛士の焚く火は付いたり消えたりするが、恋煩いの只中にあっては、自らの心情の鏡像として眼前に現れる。物の見方や言葉の運びひとつで、世界に独自の意味がもたらされる。それは、歌を詠むよろこびのひとつであろう。

本歌の昼と夜の対比を朝と夕にずらし、火を雪に変えて詠んでみた。想いとはいったい何かと考えれば、結局のところ神経細胞間《シナプス》に放出される化学物質にすぎない。けれどもそれは、天と地のあいだを絶え間なく降る雪のようなものだとも思う。やがて雪は、私自身を埋め尽くしてしまうのだろうか。本歌と比べると、いくぶん冷静で熱量の低い歌になったが、それはかたつむりの殻の右巻きと左巻きほどの違いと言えようか。世界のすべては、やはり螺旋状の殻の中にある。（光森裕樹）

逢ふことをただ願ひゐし日の遠く
今は生きたし病むといへども

❖君がため惜しからざりし命さへ長くもがなと思ひけるかな

後拾遺和歌集　巻一二・恋二・六六九　詞書「女のもとより帰りてつかはしける」

050

Fujiwara no Yoshitaka 藤原義孝 × 栗木京子 Kuriki Kyoko

……あなたのためなら惜しくないと思っていたこの命まで、お逢いした今となっては、このまま長くあってほしいと思うようになりました。

ただ生きたいという願い

藤原義孝の作は、女性との逢瀬を終えたのち、そのときめきを相手に贈った歌、すなわち後朝《きぬぎぬ》の歌である。逢うことが叶うまでは、ひたすら「逢いたい」の一心に貫かれていた。だが愛を交わしたあとには、また新たな願望が芽生える。せっかくあなたと契りを結ぶことができたのだから、この喜びが長く続きますように、とさらに期待せずにいられなくなるのだ。恋とは本当に我が儘で貪欲なもの。しかし、そこにまた切ないまでの純粋さが輝いていることも事実である。

作者の藤原義孝が二十一歳の若さで病死したことを考えると、この歌はいっそう味わいが深くなる。彼は仏道を厚く信仰し風雅を愛する貴公子であったが、疱瘡《とうそう》（天然痘）に罹患し、命を落としてしまう。「命さへ長くもがなと思ひけるかな」という長寿を願う思いの底には、薄命に終わるみずからの運命への予感があったのかもしれない。その意味では、青年が詠んだとは思われないような、老成した雰囲気を感じさせる歌でもある。

新訳では、死の病の床に臥す義孝がふたたび「生きたし」と命の炎をかき立てる、という設定にして詠んでみた。逢うことだけを夢見ていた日々は、今でははるかな昔のように思われる。病み衰えて、今の自分は別の自分のようになってしまった。けれども、生きていたい。生き続けたい。その一途な祈念を詠んだのが新訳の一首である。（栗木京子）

船旅のデッキでひとり吸ふ煙草
燃ゆる思ひをあなたは知らず

❖かくとだにえやはいぶきのさしも草さしも知らじな燃ゆる思ひを

後拾遺和歌集　巻一一・恋一・六一二　詞書「女にはじめてつかはしける」

051

藤原実方朝臣
Fujiwara no Sanekata Ason

栗木京子 Kuriki Kyoko

……あなたに恋しているのだと口にすることさえできましょうか。できないままですから、まして知りますまい、伊吹山のもぐさが燃えるような私の恋の火を。

燃ゆる思ひを

藤原実方の歌の「いぶきのさしも草」は、伊吹山で採ったもぐさのことである。当時はもぐさによるお灸がよく行われていた。恋の歌にお灸のもぐさが出てくるとは、現代の感覚ではどこかミスマッチに思われる。だが、この歌の詠まれた頃は「いぶきのさしも草」から「お灸」を導き出し、さらにお灸から「火」を連想させて「(燃ゆる)思ひ」へと架け渡す技巧がしばしば用いられていた。また、「いぶき」に「言ふ」が、「思ひ」に「火」が掛けられており、ひじょうに精緻にレトリックを凝らした歌と言ってよいだろう。

藤原実方は波乱の生涯を送った人物である。若くして左近衛中将まで昇進するが、一条帝の御代になると疎んじられてゆく。藤原行成との争いがもとで、ついに一条帝から「歌枕見て参れ」と言われて陸奥守《むつのかみ》へ左遷されてしまった、と伝えられている。そして都へ帰ることが叶わぬまま陸奥の地で没した。ただ、西行は実方の数奇の心意気を慕って陸奥への旅の折に実方の墳墓のほとりで哀悼の歌を詠んでいる。歌人としての実方はけっして不運ではなかったのである。

新訳では、さすがにもぐさのお灸は詠みにくいので「煙草」を登場させた。船旅は、北へ向かう旅。季節は晩秋が似合いそうである。時刻はやはり夜がふさわしい。いささか歌謡曲っぽい雰囲気も漂うが、傷心の旅のセンチメンタリズムを読み取ってもらえれば幸いである。

(栗木京子)

ふたたびの逢ひを約せど朝の雪
踏みゆくわれの足音哀し

❖明けぬれば暮るるものとは知りながらなほ恨めしき朝ぼらけかな
後拾遺和歌集　巻一二・恋二・六七二　詞書「女のもとより雪ふり侍りける日かへりてつかはしける」

052

藤原道信朝臣
Fujiwara no Michinobu Ason
×
栗木京子 Kuriki Kyoko

……夜は明けてやがて暮れ、そしてまたあなたに逢えるものと知っていながら、なお恨めしい夜明けよ。

雪のあしおと

藤原道信の歌は『後拾遺和歌集』では「女のもとより雪ふり侍《はべ》りける日かへりてつかはしける」という詞書が付いており、「帰るさの道やはかはるかはらねど解くるにまどふ今朝のあは雪」の歌がその前に置かれている。女のもとで一夜を過ごしたのち、夜が明けると男は帰ってゆく。通い婚を背景にした恋の歌だが、この歌の情景に雪の清らかさや明るさを配するといっそう情感が深まるであろう。道信の歌については、雪の景と切り離して一首単独の心情表白を味わうべき、という見解もあるが、私は淡雪の積もる朝の静けさの中で鑑賞したい気がする。そして、「君かへす朝の舗石さくさくと雪よ林檎の香のごとくふれ」（北原白秋『桐の花』）を思い浮かべる。白秋の歌では帰ってゆくのは女性のほうであるが、どちらの歌も別れの場面に雪がよく似合う。

新訳は、道信の歌と白秋の歌を組み合わせて詠んでみた。白秋の歌の「君かへす朝の舗石さくさくと」の「さくさくと」は、舗石の雪を踏む君の足音でもあり、雪のように白い林檎の果肉を嚙むときの音にも重なる。「さくさくと」の清潔なひびきが白秋の歌に大きな魅力を添えているのは間違いない。そこで、新訳には「朝の雪踏みゆくわれの足音」という形で足音を詠み込むことにした。考えてみると、道信の時代は牛車で帰ったのであろう。雪道を進むとき牛車の輪はどんな音を立てたのだろうか。ちょっと知りたいような気がする。（栗木京子）

ひとことを告げられぬまま君待ちて
夜更けにひらき読む『みだれ髪』

❖嘆きつつひとり寝《ぬ》る夜の明くる間《ま》はいかに久しきものとかは知る

拾遺和歌集　巻一四・恋四・九一二　詞書「入道摂政まかりたりけるに、門を遅く開けければ、立ちわづらひぬと言ひいれて侍りければ」

053

右大将道綱母
Udaisho Michitsuna no Haha

栗木京子 Kuriki Kyoko

『みだれ髪』読む夜に

嘆きながらのひとり寝の夜がどんなに長いものか、あなたはご存じでしょうか。

右大将道綱母は本朝三美人の一人とされ、和歌の名手であったとも言われる。また、和歌史の上から見ると、彼女は「書く女」の先駆者として確固たる存在感を示している。道綱母の記した『蜻蛉日記』は女流日記文学の先鞭をつけるものであり、その流れはやがて『源氏物語』へとつながってゆくからである。歌を詠むときと文章を書くときでは、感性や認識の働かせ方が異なっていると思う。秀でた散文の書き手でもあった道綱母は、自己の内面を客観的に見つめることのできる聡明な女性であったと考えられる。彼女は藤原兼家と結ばれて道綱を生んだものの、程なくして兼家は町の小路の女のもとに通いはじめる。一夫多妻の婚姻形態を承知しつつも、彼女は嘆きと恨みを抑えることができない。つい兼家に強い態度で接してしまい、ますます彼の足は遠のくことになった。聡明であればこその悲劇とも言えようか。ほんのひとこと、しおらしく優しい言葉を差し出せば、兼家の心は戻って来たかもしれないのだが。

新訳では、そんな道綱母を近代に甦らせて、与謝野晶子の歌集『みだれ髪』を読む、という場面を作り出してみた。女性から男性へと奔放な情愛を投げかける『みだれ髪』の世界。男とはもともと不実な生き物、そう割り切った上で、それでも一度は晶子のように体当りで相手に迫ってみましょうよ。そう助言してみたくなったのである。

（栗木京子）

忘れないと言ったのは僕ついてくる
声撒きながら曇る岬へ

❖忘れじのゆく末まではかたければ今日を限りの命ともがな

新古今和歌集　巻一三・恋三・一一四九　詞書「中関白通ひそめ侍りけるころ」

054

Gidosanshi no Haha 儀同三司母 × 米川千嘉子 Yonekawa Chikako

……決して忘れまいというあなたの言葉が永遠に変わらぬということは難しいでしょうから、今日が命の最後の日であればいいのにと思います。

忘れじの言葉

一夫多妻の通い婚の時代、恋人が明日も通ってくるかどうかは女性たちにとってじつに切実で現実的な問題である。「あなたをけっして忘れないといったその言葉が永遠の未来にわたって本当かどうかはわからない。だったらいっそ、幸福の絶頂の今日を限りの命であってほしい。」というこの一首は、当時の女たちの声を太々と一本に束ねたような決定版。これに対抗する小場面を私は持ち合わせていない。

　ということで、ここでは「忘れじ」という言葉を女に贈った男の立ち場で、つまり、いっそこの幸せの絶頂で死にたいわ、と言われた男を現代に呼び出して歌を作ってみた。

　平安の時代に女に生まれるのはしんどいことだが、男の側もなかなか辛いと思う。今の感覚ではまさに、オモイ。

　作者儀同三司母は和歌や漢詩にも秀でたすばらしい女性で、この一首を贈った夫、中関白・藤原道隆との間は、子供にも恵まれてゆく。道隆の彼女への愛も「忘れじ」の言葉も真実だったに違いない。だが、どんなに愛していても、女の捨て身の言葉に男が一瞬怯むことはなかったか。自分が女に囁いた言葉がその夜の香りとともにずっと自分にまつわりついて来るのを振り切って逃げたいと思ったことはなかったか。平安貴族が現代人のようにいつでも旅やドライブに出かけられたなら、夕暮れには少し間のある午後、海辺は杭《くい》のように佇む男たちで一杯だったのでは、と想像してみる。（米川千嘉子）

遺構にはひかりが溜まり滝の音《ね》の
永遠《とわ》のしぶきの下の車座

❖滝の音《おと》は絶えて久しくなりぬれど名こそ流れてなほ聞こえけれ

千載和歌集　巻一六・雑上・一〇三五　詞書「嵯峨大覚寺にまかりてこれかれ歌よみ侍りけるに、よみ侍りける」

055

Dainagon Kinto 大納言公任 × 米川千嘉子 Yonekawa Chikako

……かつての滝の水音は絶えて久しいけれど、その評判はいまに流れつたわり、なおも聞こえているよ。

幻の輝き

日本人の名所旧跡好きは、世界で見てもかなり独特なものではないか。それぞれの由緒をだいじに思い、そこに桜や紅葉といった季節を愛でる心性が結びつけばいっそうにぎわう。できればそれをみんなと共有したい、と思うのも日本人らしい。古い建造物や仏像、庭園が現存しているのを楽しむのはいうまでもないが、城跡、関所跡、その他じつにさまざまな遺跡・遺構など、今はただ石や看板があるだけの所まで味わおうとするのだ。現物が消えて遺跡になり遺構になり、評判や伝説、匿名の記憶になって、無限の命を得る。人はそれをこそ安心して愛するのかもしれない。

ここにあげた本歌は、平安の大文化人藤原公任がかつて嵯峨天皇の離宮があった大覚寺を人々と訪ねた折のもの。大覚寺には嵯峨天皇が作られた滝の遺構があり、「栖霞観《せいかかん》」という滝殿が作られていたのに初めて行ったのを詠んだのである。じっさいの滝の音は絶えて久しいけれど、その評判（音）は今なお流れ聞こえてくるよ、と掛詞を使ってたっぷりと余裕ある調子で公任はうたう。ゆたかな想像をめぐらせば、世のはかなさを一足飛びに越えて、滝の音も水の輝きもそこに集った昔の人々のざわめきもただ明るく華やかなばかり。公任たちは幻の明るい滝の飛沫をあびながら、ひと時を楽しんだ。幻であるがゆえの永遠の輝き、幻の核になるのは詩歌の言葉である。（米川千嘉子）

逢う苦しさ待つよろこびのない後世《ごせ》へ
たった一つの水晶の夜《よ》を

❖あらざらむこの世のほかの思ひ出でに今ひとたびの逢ふこともがな
後拾遺和歌集　巻一三・恋三・七六三　詞書「ここち例ならず侍りけるころ、人のもとにつかはしける」

056

Izumi Shikibu 和泉式部 × 米川千嘉子 Yonekawa Chikako

……私はきっと死んでしまうでしょう。この世の思い出に、せめてもう一度あなたにお逢いしとうございます。

水晶の一夜

平安時代の女性の数多の恋歌のなかでも、和泉式部の歌は特別だろう。和泉守橘道貞と結婚して娘を産んだ後、為尊《ためたか》親王、敦道《あつみち》親王兄弟との恋愛も知られている。和泉式部の扇に「うかれ女《め》」と書いてよこしたのは藤原道長だが、しかし、歌は「うかれ女」という言葉が想像させる軽々しさや濁りとは無縁だった。技巧を尽くしても単純をきわめても、恋する心の真実を訴えてくる。歌にこもる息が深く、可憐でひたむきで、同時に、どこか暗い。

この歌はにわかな病の床から恋人に訴えたものだ。私はこのまま死んでしまうのでしょう。せめてあの世への思い出に、もう一度あなたに逢いたいのです——。上句の大きく張った調子に対する下句の可憐な切実さ。女の息にふれるような魅力と哀れを男が感じないはずはない。

そう思いながら、私はふとこの時代の女性たちがいう「世」というものが、仕事でも育児でも芸事でもなく、ただひたすら男女の間そのものであったことに今さらながら驚く。だとしたら、願い叶って最後の逢瀬ののちに亡くなるとしたら、それこそ女の永遠の安らぎではなかったか、とも。逢う夜の喜びよりは苦しみが、待つ夕の辛さよりは幸福が勝ることもあっただろう。

そして、そんな日々も手品のように消えて真っ白になる「この世のほか」へ式部がただ一つ持ってゆく逢瀬の記憶があるとしたら、女がたずさえてゆくのは、男の体温も声も閉じ込め、誰が触れてもただ冷たく透き通った水晶のような一夜ではあるまいか。そこには男たちへの憎悪も一片光っている。（米川千嘉子）

たくさんの月がスマホに盗まれた
まぶしい夜の女ともだち

❖めぐり逢ひて見しやそれともわかぬ間に雲隠れにし夜半《よは》の月影
新古今和歌集　巻一六・雑上・一四九九　詞書「はやくより童友達に侍りける人の、年ごろ経てゆきあひたる、ほのかにて、七月十日のころ、月にきほひて帰り侍りければ」

057
Murasaki Shikibu 紫式部 × 米川千嘉子 Yonekawa Chikako

……空をめぐり、見定めないうちに雲に隠れてしまった夜半の月の光。それに似て、久しぶりに会ったのが本当に幼友達のあなたなのか、はっきり分からぬうちに姿を隠してしまいましたね。

女ともだち

久しぶりでめぐりあったのに、本当に幼なじみのあなたかどうか見定めることもできないくらい、雲に隠れる夜半の月影のようにたちまち姿を隠してしまったのね——。紫式部の歌は一見異性の恋人へあてた歌のようだが、「童友達《わらはともだち》」であった女性と心ゆくまで会えなかった名残惜しさをうたったものだ。紫式部には、ほかにも印象的な女友達への歌がある。

同性に深い共感や友情を感じる人と、同性は敵である、と考えて男性により共感をもつ人。女性はどちらかのタイプに分類できるのではないかというのが私の持論(?)で、紫式部はたぶん前者だと思う。『紫式部日記』には同性への批判も書かれているが、底意地の悪いものとは思わない。人間がわかり過ぎるだけなのだ。

紫式部は『源氏物語』にさまざまな女性を描いた。たとえばそのもっとも重要な一人、紫の上は、幼くして光源氏に見出され、理想的な女性、源氏の妻へと輝かしく成長する。しかし、同時に彼女は、源氏最初の思い人の身代わりとしてまず愛された。子に恵まれず、晩年は出家を願いながら許されなかった。最高の女性紫の上を紫式部は物語の中で救わなかった。たとえばそこにも式部の、女性という存在の哀しみに対する深い共感と訴えがあると思う。

私が現代版でうたったのは、一瞬で雲に隠れる月をみんながスマホで写して画面で光らせている情景。極小の無数の月が地上で輝いている夜、今なら別れた女友達とまたスマホで話すことも可能だ。(米川千嘉子)

あへぎつつ登れば狐《こ》となる笹原に
風の音聞く耳そよがせて

❖有馬山猪《ゐ》名《な》の笹原風吹けばいでそよ人を忘れやはする
後拾遺和歌集・巻一二・恋二・七〇九　詞書「かれがれになる男の、おぼつかなくなどいひたりけるによめる」

058

Daini no Sanmi 大弐三位 × 仲井真理子 Nakai Mariko

……有馬山から猪名の笹原に風が吹きおろすと、笹はそよそよと揺れる。そうです、お忘れになったのはあなた、私はどうして忘れましょうか。

笹の葉ゆれて

この歌の詞書には、「かれがれになる男の、おぼつかなくなどいひたりけるによめる」とある。あなたの心がはっきりしないと言う恋人に「忘れてはいませんよ」と答えた歌である。その詠み方が絶妙である。「有馬山」、「猪名の原」という地名を序詞として、「いで」「そよ」と音を重ね、笹原の音までも感じさせるという組み立て。さらに、「猪名」という地名に「否」と掛詞を使い、言葉のゲームが重ねられている。恋人に思いを伝えるというよりも、恋歌の贈答を楽しんでいる気分が感じられる。作者は、紫式部の娘。機知に富んだ歌からは女房たちの暮らしが伺える。彼女たちにとって恋の歌は人と繋がる彩りの一つだったのかもしれない。

この歌を読むと、「笹の葉は深山《みやま》もさやにさやげども我は妹思ふ別れ来ぬれば」という柿本人麻呂の歌が思い出される。風に揺れる笹の葉音は恋に揺れる心の音に似ているのだろう。

十年ほど前の十一月の始め、金剛堂山《こんごうどうざん》（富山県・五箇山）に登った。上り口の道には霜が降り、山はすでに冬であった。葉の落ちたブナの樹々は、枝先の霜に朝の陽が射し、金色に輝いていた。その森を登り切ると一面熊笹の草原だった。胸の近くまである熊笹の間を踏み分けて進むと、自分が森の一部になるような気がした。ゴーッと風が鳴ると身体が山とともに揺れた。あの熊笹の音が今も「笹原」をゆく風音に重なる。熊に出会わなかったのが幸いであった。（仲井真理子）

すこしづつ希みも細くなりゆけど
背を伸ばし見る立待月は

❖やすらはで寝なましものを小夜更けてかたぶくまでの月を見しかな

後拾遺和歌集　巻一二・恋二・六八〇　詞書「中関白少将に侍りける時、はらからなる人に物言ひわたり侍りけり。頼めて来ざりけるつとめて、女に代はりてよめる」

059

Akazome Emon 赤染衛門 × 仲井真理子 Nakai Mariko

……ためらわずに寝てしまえばよかったのに、あなたをお待ちして、西の空に傾くまで月を見ておりました。

待つだけの恋など

仲秋の名月を子どもの頃は、お団子を作りススキを飾って楽しんだものだ。けれど、近頃は「今日は名月」と知りながらも、忙しく過ごしていて月を見なかったりもする。そして、あとで気が付き「明日の十六夜こそ見よう」などと言い訳をする始末である。現代の夜の忙しさと明るさは、ずっと昔の夜にあった静けさとその輝きを忘れさせてしまった。

その夜長を、「来ると約束したあなたを待ってとうとう月が西に傾いてしまいました」と、恋人に告げる歌である。白々とした明け方の月を見あげている女性の姿が浮かび、そのやるせない思いも伝わるようだ。ところが、詞書には、「……頼めて来ざりけるつとめて、女に代はりてよめる」とある。この歌は何と本人に代わって詠まれたものなのである。ラブレターの代作、もしかすると美しく料紙に書かれた文字も代筆だったのかもしれない。

作者は『栄華物語』の作者とも言われ、内助の功もあった人である。姉妹（はらからなる人）に頼まれて「任せて」とばかりに引き受けたのだろう。しかし、代作だと知ると、本人の思いの程を考えてしまう。恋の相手は、藤原道隆、藤原氏の御曹司である。もし、本人の歌だったら、恋は違うふうに展開していたかもしれない。恋人が来るまで待つしかない女は悲しいと思う。いつの世であっても恋を成就する人は、待つのではなく自ら行動する人だと思いたい。（仲井真理子）

快晴の天の橋立より子に送る
いつもの手振れのままの写メール

❖大江山いく野の道の遠ければまだふみも見ず天の橋立

金葉和歌集　巻九・雑上・五四三　詞書「和泉式部保昌に具して丹後国に侍りけるころ、都に歌合のありけるに、小式部内侍歌よみにとられて侍りけるを、中納言定頼局のかたにまうできて、歌はいかがせさせ給ふ、丹後へ人はつかはしてけむや、使まうでこずや、いかに心もとなくおぼすらむなどたはぶれて立ちけるをひきとどめてよめる」

060

小式部内侍 Koshikibu no Naishi × 仲井真理子 Nakai Mariko

……大江山や生野を越えてゆく丹後への道は遙か遠いものですから、私は天の橋立の地を踏んだことはございませんし、母からの文も届いておりません。

母と娘

この歌には長い詞書がある。要約すると、小式部内侍が歌合に招かれた折「歌はできましたか。お母さんに教えて貰っていると聞いていますが、手紙は届きましたか」と中納言定頼にからかわれ、引き止めて即座に詠んだものというのである。その逸話は、実話ではなくて、説話のように伝わったものともいわれている。しかし、「失礼ね」と言わず、「大江山」、「生野」、「天の橋立」の地名に加え、掛詞を使い「あなたにはわかるかしら」と人を試すような場面には、「やっぱり和泉式部の娘だわ」と読者を納得させる面白さがある。詞書から見えてくる宮廷の女房のサロンは華やかで楽しそうである。ところで、この歌に詠まれている大江山は、京から天の橋立までの道順から考えて京都市に近い大枝山だと言われているが、どうであろうか。

九月の終わり、北陸自動車道を利用して、富山から京丹後へと出かけた。綾部を過ぎ、天の橋立を目指すと大江山のすっきりとした立ち姿がひときわ美しかった。思わず、「大江山だ」と声を出していた。歌に詠まれる場所は、やはり心惹かれる場所であって欲しいものだ。カルタをする時の好みで言えば、大江山は、酒呑童子の伝説のある大江山だと思いたい。

この一首は、我が家のカルタ遊びでは娘の得意札であった。娘の名は「いくの」。この札を他の者が取ると泣くので、「またふみもみす」は、読まれる前から娘のものであった。（仲井真理子）

おみやげの菫の花の砂糖漬け
風の岬のマグにひらきぬ

❖いにしへの奈良の都の八《や》重《へ》桜《ざくら》けふ九重《ここのへ》に匂ひぬるかな
詞花和歌集　巻一・春・二九　詞書「一条院御時、奈良の八重桜を人のたてまつり侍りけるを、そのをり御前に侍りければ、その花をたまひて歌よめと仰せられければよめる」

061

Ise no Taifu 伊勢大輔 × 雪舟えま Yukifune Emma

……かつての都の奈良に咲いていた八重桜が、今日はこの九重の宮中で美しく匂っております。

花ひらくところ

すみれの花の砂糖漬けを食べさせてもらったことがあります。チョコレートなどで有名な、ウィーンのデメル社製のものです。花の香りの中ではすみれがいちばんすきで、香水がほしいなあなんてつねづね憧れているのですが、お菓子になっているなんて。食べたら口の中であの香りがはじまってしまうということですか?! ……とときめきながら口にした記憶です。興奮しすぎて味や香りを覚えていないのですが。

奈良から宮中に贈られてきた桜の美しさを思ううち、私の中で印象に残っている花のことを歌にしてみたいと思いました。「おみやげの」は、ウィーンみやげということで、遠くヨーロッパの優雅な古都でつくられた花のお菓子が、きょう、この日本の端っこの風吹き荒れる岬で、両手に包む保温マグの中にひらく。なんだかアウトドアな場面です。すみれの砂糖漬けを落とした飲みものは、白湯やソーダなら青インクのようなブルー、ホットミルクなら淡青色の非日常な色合いになるそうです。私の住む街のはずれにも素敵な灯台があるのですが、そこでこんな美しい飲みもの片手に海を眺めてみたい。

伊勢大輔の歌は華やかなことこのうえないですね。厳しい先輩女房やときの権力者の前で、会心の一首を放った誇らしさも感じられます。私は優美で繊細なものが、高貴な人びとの中で鑑賞されるシーンより、人里離れたところで思い出のように再生される場面に、よりロマンを感じるたちのようです。（雪舟えま）

逢いたさに嘘をついたらほんとうに
あなたの前で風邪ひいてゆく

❖夜をこめて鳥のそら音《ね》ははかるともよに逢坂の関は許さじ

後拾遺和歌集　巻一六・雑二・九三九　詞書「大納言行成物語などし侍りけるに、内の御物忌に籠ればとていそぎ帰りて、つとめて、鳥の声などにもよほされてといひおこせて侍りければ、夜深かりける鳥の声は函谷関のことにやといひつかはしたりけるを、たちかへり、これは逢坂の関に侍りとあれば、よみ侍りける」

062

Sei Shonagon 清少納言 × 雪舟えま Yukifune Emma

……夜の明けぬうちに鶏の鳴き真似をして、あの函谷関なら通ることができても、逢坂の関の関守はそうはゆきますまい。――私はだまされて戸をあけ、あなたと逢ったりしません。

風邪と甘い嘘

鳥のそら音、とは朝を告げる鶏の声の鳴きまねのことです。猫や猿や鳥など動物のまねがうまい人がいますけど、そういう人の中には、その猫なり鳥なりの存在の核に通じる何かがあるのでしょう。何かのまねをするとき、対象の核心をつかんでいなければ、そのそっくりさで人をだましたり驚かしたりなどできません。そして、あるものをまねるとき、まねられる対象もこちらをじっと見つめています。まねるという行為は一方てきなものではないと思います。

私たちも過去に一度や二度、仮病で学校や会社を休んだり、気乗りしない予定をパスしたことがあるでしょう。ちょっとどきどきしながら、電話口でいかにもぐあいの悪そうな声音を使ったりして。相手は信じきっておろおろと「大丈夫？　こっちは何とかやっておくから、ゆっくり休んでね」なんていってくれます。うまくいった、と喜んでいいはずなのに、電話をかけるまえよりも、ほんとうに元気がなくなっている感じ。先の例でいうと、病人のまねをするとき、病気からもこちらを見つめられている、というわけです。

ものまねについて考えているうちにそんなずる休みの記憶にたどりつきました。人はいやなことから逃げるためだけに嘘をつくのではなく、もっと積極てきな動機で嘘をつくこともあります。仕事が忙しいとかつき合いがあるとか、最近つめたいあの人と会いたい。風邪をひいたよ、見舞いに来てほしい。そんな嘘をついて甘えたつもりが……。（雪舟えま）

六畳の硝子の星をもらったぞ
何ひとつあきらめるな俺たち

❖今はただ思ひ絶えなむとばかりを人づてならでいふよしもがな
後拾遺和歌集　巻一三・恋三・七五〇　詞書「伊勢の斎宮わたりよりまかりのぼりて侍りける人に、忍びて通ひけることを、おほやけも聞こしめして、守りめなど付けさせ給ひて、忍びにも通はずなりにければ、よみ侍りける」

063
左京大夫道雅
Sakyo no Daibu Michimasa
×
雪舟えま Yukifune Emma

……今はただもう、あなたへの思いを絶ちきりましょうという一言だけを、せめて人づてでなく、直接あなたに言うすべがあったらなあ。

ふたりだけの星

藤原道雅の不遇や悲恋の話はかわいそうすぎて、歌の中でくらい、幸せにしてあげたいと思ってしまいました。この歌について解説した本の中には、道雅の想いびとである当子は別邸に移されたうえ番をつけられ、厳重に見張られていたらしいという記述もあります。

こういう話を見聞きするたび、体は悲しいなと思ってしまいます。人は肉体を持つことで五感を通してよろこびを味わえますが、この体があるゆえに自由を奪われもする。どんなに遠く離れていても、会いたいというおたがいの気持ちだけを錠と鍵として、カチリと扉がひらいてふたりだけの場所にゆける。私としてはこの宇宙にはそんな場所は必ずある、そう信じています。それをうまく見つけられないだけなんだと……。

もしそこへゆけたなら、「あなたを思いきろうと思う」なんて心にもないことを告げなくていい。ふたりについて何ひとつあきらめなくていい。宇宙に浮かぶ、六畳（ガラスの畳）ひと間の小さな星は、狭いし僻地にあるけど、「そこへ行きたい！」という気持ちだけでどこからでも来られる星です。こたつもパソコンも漫画もあるし、こたつのうえにはいくら食べてもなくならないみかんが乗っています。猫も飼えます。どうでしょう道雅さん、大すきな当子さんと一緒にここからはじめてみませんか？　と、頼まれもしないのにおせっかいなことを考えたけど、もうとっくにふたりは体を脱ぎ捨てた世界で、幸せになっているんでしょうね。（雪舟えま）

モーニング・ミールの湯気のあいまから
きみの横顔に似た地上絵

❖朝ぼらけ宇治の川霧たえだえにあらはれわたる瀬々《せぜ》の網代木《あじろぎ》
千載和歌集　巻六・冬・四二〇　詞書「宇治にまかりて侍りける時よめる」

064

権中納言定頼
Gonchunagon Sadayori

雪舟えま Yukifune Emma

……夜が白々と明けゆくころ、宇治川にたちこめる川霧がとぎれとぎれに晴れて、その絶え間から次第にあらわれる瀬々の網代木よ。

火星に君をさがす

むかしの夜は真っ暗で、こうして夜明けとともに景色がよく見えてくるのを眺めるのは、なかなか楽しい娯楽ではなかったか、と想像します。ここでは朝になって明るくなるだけではなく、視界をおおっていた霧が晴れることで、向こうにあったもの（網代木）が見えてきて、さらに楽しい。お芝居の書き割りの霧がサッ、サッ、と左右に引いて、舞台に奥ゆきが出てくる。そんなイメージをさせる歌です。

そんな、「隠れていた景色が見えてきて感じること」を、別の世界に置き換えてみたらどうなるだろうと思い、新しい歌を作ってみました。地上絵というとこの地球ではナスカのものが有名ですが、それを思い浮かべてもいいし、どこか別の星の、乾燥した土地に刻まれたものを想像してもいいでしょう。だとしたらこのモーニング・ミールは宇宙船での食事なのかも！ 私としては、舞台は火星で、広大な土地にポツン、ポツンと家が建って、おとなりさんは何キロも先、見渡すかぎり自分の家の庭という設定が好みです。からっからの赤土に、ある家の前に大きく描かれた、きみの横顔に似た絵を、宇宙船の中から眺める。きみのところに早く帰りたいなと思う。

これから人類はいろいろな星に移り住んでゆくんだろうな、旅をするんだろうな、と日ごろ想像していますが、そんなときに郷愁を誘うのも、「きみの横顔」だとか「網代木」だとか、日ごろ愛おしむもの、見慣れた景色であることには変わりないのでしょうね。（雪舟えま）

ずぶぬれのぼくだからもう逢はないで
ひかりを脱がず冷えてゆく影

❖恨みわび干さぬ袖だにあるものを恋に朽ちなむ名こそ惜しけれ
後拾遺和歌集　巻一四・恋四・八一五　詞書「永承六年内裏歌合に」

065

Sagami 相模 × 黒瀬珂瀾 Kurose Karan

……あの人のつれなさを恨み涙で袖も濡れているのに、この恋によって私の名が朽ちてしまうのは口惜しいこと。

朽ちゆくもの

技巧的な一首だと思う。つれない男を恨みに恨みぬいて私の袖は涙でぐっしょり濡れてしまった。濡れたまま放っておいたら袖はぼろぼろになってしまう。そんなひどい目にあわせておいて、そのうえ私の名声さえも「恋をしている女」として貶めようというのですか。二、三句目を「濡れた袖でさえ朽ちることはないのに（私の名は朽ちる）」と読む解釈もあるようだが、その読みでは朽ちるものと朽ちないものの対比が理屈めいていてつまらない。やはり、袖さえ朽ちるのにそのうえ私の名誉までも朽ちる、と読むほうが、深みに深みを増す恨みの谷がなんとも言えない暗さに満たされてゆく。とはいえこの歌を詠んだとき、相模は五十歳を越えていたとか。当時としては相当な老女である。現在進行中というより、過去の心の傷を詠んだと受け止めるほうがいいのだろう。時が過ぎているからこそ、つらい悲恋を冷静に超絶技巧の一首に仕立てることができたのかもしれない。そんな古歌を受けての新歌、「ぼく」という主語に違和感を覚える人もいるかもしれないけれど、筆者としては、ひらがな書きの「ぼく」にはなんだか、性差を越えたイメージがある。時代さえ越えたのだから、さらに性別まで越えていってしまったほうが、歌の中でずんずん深まってゆく相模の情念に応えるような気がした。そうなると、いまどき「名声」もなんだし、朽ちてゆくのは「ぼく」が肌にまとう「ひかり」かもしれないな、と考えてみた。（黒瀬珂瀾）

樹のごとき人あまたゆく交差点に
春寒の汝《な》を見て見失ふ

❖もろともにあはれと思へ山桜花よりほかに知る人もなし
金葉和歌集　巻九・雑上・五二一　詞書「大峯にて思ひもかけず桜の花咲きたりけるを見てよめる」

066

前大僧正行尊
Saki no Daisojo Gyoson

黒瀬珂瀾 Kurose Karan

……私が愛おしく思うように、ともに愛おしく思っておくれ、山桜よ。ここではお前のほかに、私の心を知る人はいないのだ。

僕の山桜

奈良の吉野の大峰山での厳しい仏道修行の最中に詠まれたとされている。行尊さんはたぶん、孤独に耐えてたんじゃないのかなあ。山桜よ、私がお前のことを愛しく思うのと同じように、お前も私のことを愛しく思っておくれ。この山奥には、桜花であるお前以外に、私が語りあえるものはいないのだ。行尊が勤修した山伏修験道の修行がどんなものかはよく知らないが、肉体的にも精神的にも厳しいものだったろう。そういう修行はつまり、自分自身の内面を深く深く覗きこむものだ。思わず山桜に話しかけてしまった行尊だが、やはり、その山桜に自分自身の姿を重ねているようにも読める。『金葉和歌集』ではこの歌は春の部ではなく雑の部に入れられている。おそらく、昔からこの一首は春の桜を詠んだ歌としてではなく、山桜を通して己の孤独と向き合った、精神的な歌として読まれてきたのだろう。行尊は三条天皇の血をひいている。僧侶として出世したければどうとでもできただろうに、あえて厳しい修験道に身を投じた。そうした行尊の気高さがこの歌からは浮き上がってくる。それに比べて同じく僧侶である僕自身は恥ずかしい限りだが、俗世に生きている。大峰山とは違って、都会には人間がまるで樹木のように立ち並んでいる。あまたの樹木とすれ違いつつ、僕にとっての「山桜」である「汝《な》」を見つけようとしたのだけれど、一瞬のうちにあなたは雑踏の奥へと紛れ込んでしまった。

（黒瀬珂瀾）

ぼくを抱く腕しか見えず春宵に
沈められゆく声のかなしさ

❖春の夜の夢ばかりなる手枕《たまくら》にかひなくたたむ名こそ惜《を》しけれ

千載和歌集　巻一六・雑上・九六四　詞書「二月ばかり月明き夜、二条院にて人あまた居明して物語などし侍りけるに、内侍周防寄り臥して、枕もがなとしのびやかにいふを聞きて、大納言忠家、これを枕にとてかひなを御簾の下よりさし入れて侍りければ、よみ侍りける」

067

Suo no Naishi 周防内侍 × 黒瀬珂瀾 Kurose Karan

……儚い春の夜の夢のような戯れの手枕を借りたばかりに、甲斐なく浮き名がたつのは残念なこと。

闇に浮かぶ腕

子供の頃、この歌を初めて読んだとき、本当に驚いた。この「手枕」ってどこから出てきたんだ？　歌に添えられた解説にはたしか、「宮中で女房たちが部屋に集まっておしゃべりをしていたとき、周防内侍が『枕が欲しいな』と言ったのを外で聞いていた大納言忠家が、『これを枕にどうぞ』と言いつつ御簾の隙間から手を差し入れてきたのをあしらって詠んだ歌云々」、みたいなことが書いてあって、今なら痴漢・のぞきまがいのことを、当時の偉い人たちは風雅だと思ってやっていたというのが、昔は大らかだったんだなあと感心する以前に、プライベートも何もあったもんじゃない、そんな時代はご免だ、と心底ショックを受けた。それなのに今僕は短歌に関わってこうして生きている。歌の世界は本当によく解らない。「名こそ惜しけれ」というのは先に出た相模の歌と同じ趣向だけど、こちらの方は「春の夜の夢ばかり」という艶冶《えんや》な物言いに心のゆとりが出ていて、どこか遊戯の色合いを感じさせる。春の夜のほんのひとときの夢のようにはかない手枕の遊びに付き合ったおかげで、私の浮き名が立ってしまったら悔しいことですわ。軽い「ツンデレ」の恋遊びうた、だろうけど、どこか爛熟した貴族社会だけが生み出しえる言語美の姿がある。現代社会からは遠ざかってしまった美意識かもしれない。かつての春の夜の手枕は、今や現代の闇に浮かぶ腕となって、「ぼく」を声なき声とともに沈めてゆくだろう。（黒瀬珂瀾）

銃身にもたれて眠る夜は来る
月射すきみの鎖骨おもへば

❖心にもあらで憂き世に長らへば恋しかるべき夜半《よは》の月かな
後拾遺和歌集　巻一五・雑一・八六〇　詞書「例ならずおはしまして、位などさらむとおぼしめしけるころ、月の明かりけるを御覧じて」

068

Sanjo In 三条院 × 黒瀬珂瀾 Kurose Karan

……不本意にもこの辛い世に生きながらえたらば、きっと恋しく思い出すにちがいない、今宵の月を。

消え去る日々

心にもなく、本心をおし隠したまま、この辛い世の中を生きながらえることになったならきっと、今宵の美しい月を悲しく思い出すことになるのだろうな。歌としては具体的な説明もない、ただ作者一人のための呟きのような一首だけれども、古人は、作者の境涯を歌の背景に置きながら、歌が呼びこんでくる悲哀の物語を読んできた。『栄花物語』や『大鏡』その他を参照すると、三条院は悲運な帝であったらしい。十一歳で東宮に立ったものの病気がちで、三十六歳でようやく即位。しかし在位中二度も内裏が炎上、眼疾による視力低下が進み、藤原道長の専横に遭い、在位五年で譲位を余儀なくされた。譲位をすればもう今夜のように大内裏から月を見ることはない、と霞みゆく視野で月光を見つめていたのだろう。諸行無常、生々流転は世の常と言えども、道長という権力のもとに陰りゆく己の光を見つめ続けるのは、苦しいことだったに違いない。それは誰しも同じで、今現在を「美しい過去」として思い出すことになる未来が、私たちのもとに何時やってくるかは、わからない。わからないがこの日々がいつかは消え去ってしまう、という怖れは、多くの鋭敏な人の心に宿っているだろう。どんな形で去ってしまうか、去った後に何が訪れるのか。歌を紡ぐということはどこかで未来を想像することにも繋がる。硝煙の香る未来を脳裏に描くからこそ、僕たちは今現在をさらに見つめなければならない。

（黒瀬珂瀾）

マスカットは秋の食べ物
秋になると色んなものの上にのるから

❖嵐吹く三室《みむろ》の山のもみぢ葉は竜田の川の錦なりけり

後拾遺和歌集　巻五・秋下・三六六　詞書「永承四年内裏歌合によめる」

069

Noin Hoshi 能因法師 × 永井 祐 Nagai Yu

……嵐が吹き散らした三室山の紅葉は、竜田の川へ流れ、さながら錦のようだなあ。

マスカットの秋

元の歌はどの角度から見ても日本の秋の歌である。秋といえば紅葉、そして紅葉を錦にたとえることも、習慣として今の時代に残っている。「錦」でgoogleの画像検索をすると、ちゃんと紅葉が出てくるぐらいだ。この歌は近代の評判があまりよくないそうである。昔の人も「ベタだな」と思ったのだ。昔の人が大昔の人をベタだと思い、私はその顚末をながめながら、確かにベタだなと思う。けれど、くっきりとした起承転結による、絵のような完結感が逆に新鮮にも思える。

駅ビルに入っているお菓子屋さんがある日、マスカットだけを敷き詰めたタルトを店頭に大展開していた。数百個のマスカットがまっ白なクリームの上に整然と並ぶ光景は、なんだか天国にいるようだった。なんでこんなにマスカット？　ああそうか、秋の新作ということだ。ファミリーレストランに入ると、パフェの上にものっている。文房具屋にはマスカットの便箋が置いてある。ほかにもあちこちに、その日から駅ビルの全体にマスカットが散らばり出して、多くは白の上にあの独特の半透明な緑色を光らせていた。

紅葉が散って秋をいろどったとすれば、自分のまわりに秋になると散らばるきれいなものは何だろうと考えて、それがマスカットだった。

マスカットは錦とはまた違って美しい。秋になると駅ビルに開く天国的な食べ物である。

（永井　祐）

おじいさん猫と遊んでしゃがんでる
どこまでも同じ秋の夕暮れ

❖寂しさに宿を立ち出でてながむればいづくも同じ秋の夕暮
後拾遺和歌集　巻四・秋上・三三三　詞書「題しらず」

070

Ryozen Hoshi 良暹法師 × 永井 祐 Nagai Yu

……さびしさに耐えかねて、庵を出てあたりをじっと見渡すと、どこも同じさびしい秋の夕暮れであるよ。

夕暮れと孤独

元の歌は今読んでもストレートにわかる歌だと思う。「寂しさ」には覚えがあるし、それで目的もなく外に出てしまうのもわかる。外に出れば、誰に会わなくとも風と光で心がなぐさめられる。「いづくも同じ」ことを知るとき、孤独は残っているけれど空気の中に分解していく。それをながめながら、「夕暮」とコミュニケートするのだと思う。こういう心の機能はきっと大切なもので、景色とお話ができなくなったら、やばいところにいく気がする。

ふらふらと外に出ていってしまうような孤独を、人間の心が持つようになるのはいつからだろう。わたしの場合は、たぶん高校のはじめぐらいで、その頃から散歩というものをするようになった。小学生の頃は意味もなく外に出て一人で歩いたり、何かをながめたりすることはなかった。そういう意味で言えば、この歌はいかにしぶく見えても思春期的な心の歌であるように思う。

「いづくも同じ秋の夕暮」はやはり決まっているので、新作ではほぼそのまま使った。が、「どこでも同じ」とすると少し違う気がして、ニュアンスを変え「どこまでも同じ」と字余りにしてみた。思春期は過ぎているので孤独の色調はおさえ、ただの夕暮れのことを書く感じにした。「しゃがんで猫と遊ぶ」が普通だと思うが、そのあたりはふわふわっと揺れてこの形になった。おじいさんと猫が夕暮れや孤独をおしえてくれる。（永井 祐）

赤色のポストの上を吹く風だ
遠くて音は聞こえないけど

❖夕されば門田《かどた》の稲葉おとづれて蘆《あし》のまろ屋に秋風ぞ吹く
金葉和歌集　巻三・秋・一七三　詞書「師賢朝臣の梅津の山里に人々まかりて、田家ノ秋風といへることをよめる」

071

大納言経信
Dainagon Tsunenobu

永井 祐 Nagai Yu

夕方になれば門田の稲の葉にさらさらと音をたてて、蘆ぶきの粗末なこの家にも秋風が吹いてくる。

無音の風

元の歌はしぶくてよい歌だ。風が吹いているというだけだが、田んぼに稲の並んでいる景色とそこに立っている田舎家がちゃんと浮かんでくる。さわさわさわ、と稲が揺れている。見ている人の気持ちはクールに隠されつつ、そこに情感がただよっている。

この歌は別荘での情景を描いているらしく、このころ一部の貴族たちは田園地域に別荘をつくり、山里趣味に走っていたそうである。だから、シンプルなタッチで田舎を描くといっても素朴なものではなくて、絢爛豪華、情緒過多な趣味に対する逆張りというニュアンスがあるのだと思う。いやいや一歩引いてる方がかっこいいよね、というセンスなのだろう。しぶい、クールと言ったけれど、この歌には確かにそんな印象があって、なかなかスカした歌だなと思うのである。

秋風が吹くところ、と考えてなぜだかポストの上が浮かんだ。あそこにはたまに、塵やらごみが乗っていてそれを風が吹き飛ばしていく。田んぼよりずっと小さいが四角いところから連想が働いた。「おとづれて」は大きな役割を果たしているので音のことは入れたいと思い、むしろ無音にしてみた。そしてこの下句をつけると、とたんに視点がズームアウトするみたいで、面白い気がした。下句のつけ方で見ている場所が変わるのは不思議なことだ。元の歌に、上句と下句で視点が微妙にずれる印象があったので、それを拡大してみた。（永井 祐）

チャラいってほんとなんですかと聞いてみたいなエレベーターの箱の中

❖音に聞く高師《たかし》の浜のあだ波はかけじや袖のぬれもこそすれ
金葉和歌集　巻八・恋下・四六九　詞書「返し」。前歌「堀川院御時艶書合によめる　中納言俊忠　人しれぬ思ひありその浦風に波のよるこそいまはほしけれ」への返歌。

072

祐子内親王家紀伊
Yushi Naishinnoke no Kii

永井 祐 Nagai Yu

……噂に高い高師の浜のいたずらに立つ波にはかかりますまい、袖が濡れるでしょう。——浮気で名高いあなたのことは心にかけますまい、きっと涙で袖を濡らすことになりましょうから。

ほんとうのあなたは

この歌は艶書《えんしょ》歌合というところに出された歌で、男性が女性に求愛の歌を送り、それに対して女性が返歌をつくるというルールで行う艶っぽい遊びだったそうである。そんなことが宮中の催しとして行われていたというのは、楽しそうなのか疲れそうなのかよくわからないけれど、この歌はその女性側からの返歌で、ようするに、いい女風に振っているという体の歌である。作者の紀伊はこのときすでに七十歳ぐらいのおばあさんだったと、解説書にはたいてい得意気な感じで書いてある。

「音に聞く高師の浜のあだ波」で、浮気っぽいという噂は聞いていますよ、という意味になる。こういうことは今の時代でも百人近くが働くオフィスのビルなどで噂としてよく流れるので、わたしも耳にしたことがある。あの人は遊んでる。あの人はああ見えてチャラい。「チャラい」は俗語の「チャラチャラ」から派生した言葉で、言動や服装が軽薄な様を言うのだが、会社ではみんなきちんとしているから、「実はチャラい」とか、そういう形で聞くことが多かった。エレベーターで噂の人と乗り合わせると、スーツの着こなしやらワイシャツの柄に「チャラさ」の形跡があるのではないかと、ちらっと見てしまう。けれど、そうは見えない。いつか飲み会などで偶然となり合わせたら、聞いてみてしまおうか。いきなり悪そうな目になってくれるかな。

（永井 祐）

はるかなるワシントンの桜咲きにけり
戦の煙立たずもあらなむ

❖高砂《たかさご》の尾の上《へ》の桜咲きにけり外山《とやま》の霞立たずもあらなむ

後拾遺和歌集　巻一・春上・一二〇　詞書「内大臣の家にて人々酒たうべて歌よみ侍りけるに、遙かに山桜を望むといふ心をよめる」

073

前権中納言匡房
Saki no Gonchunagon Masafusa

川野里子 Kawano Satoko

……あの山の峰の桜が咲いたなあ。花が見えなくなるから、どうか立たないでほしい、近くの山の霞よ。

ワシントンの桜

本歌は内大臣の家に招かれての歌。場を盛り上げ、礼を尽くすための公の歌、「晴《はれ》」の歌である。「高砂」は播磨国に掛かる枕詞とする説もあるが、高い山を表す普通名詞として考えて良いのではないか。高い山を振り仰ぐ大きな景色は花見の華やかな気分にぴったりだ。余情に乏しく深みにも欠けるが、こういう歌を「たけある歌」とし、格調の高い歌として中世の人々は尊重した。

こういう晴の歌を現代に生かすのは難しい。現代短歌はもっと身近な日常詠、「褻《け》」の歌が中心であり、「私」などを歌っているからだ。また、ここでの桜のように尊い輝きをもち、決して霞んで欲しくないものとは何だろう。例えば、世界平和だろうか。

アメリカの政治の中枢ワシントンDCに毎年咲く桜は日本から贈られたもの。その桜が咲いたと報じられるたびに、このワシントンが世界の政治に深く関わってきた歴史を思う。この桜の輝きを消すような戦の煙は決して立って欲しくないのだ。

ちなみにワシントンDCの地下鉄はなぜだか非常に暗い。核戦争のおりにはシェルターにも使われるのだろう。天上の高い大きな空間全体が暗く、威圧的だ。その闇を抜けて地上で出会う桜の輝きは一層目に眩しい。風に揺れ、日差しを一杯に受けて膨らむ桜の花は今を盛りの輝きだ。あの暗いシェルターと地上の桜と、そのコントラストに「今」がある。本歌の「あ」音を多用したおおらかさを生かしつつ、今日的「晴」の歌を考えてみた。（川野里子）

ゆくへなく除染土積まれふぶく雪よ
はげしかれとは祈らぬものを

❖憂かりける人を初瀬の山おろしよはげしかれとは祈らぬものを
千載和歌集　巻一二・恋二・七〇八　詞書「権中納言俊忠ノ家に恋の十首ノ歌よみ侍りける時、祈れども逢はざる恋といへる心をよめる」

074

源俊頼朝臣
Minamoto no Toshiyori Ason
×
川野里子 Kawano Satoko

……つれないあの人がふりむくように初瀬の観音に祈ったけれど、激しく吹く山降ろしの風のように厳しくあれとは祈らなかったのに。

たとえ叶わぬとも

「祈れども逢はざる恋」、祈っても叶わない恋という題に向けて作られた本歌は俊頼の代表歌である。後鳥羽院は「もみもみと人はえ詠みおほせぬやうなる姿」、つまり身を揉むようにして技巧を尽くしつつ、なお詠みおおせぬかのような余情ののこる歌、として絶賛した。初瀬観音が挿入されて場面を広げ、祈りの気持ちをリアルなものにしている。のちに定家もこの歌を絶賛し、手本とした。叶わぬ思いに身悶えるような強い祈りの心と、飛躍のある技巧とが一体となった名歌である。

なかなか叶わない恋の憂さは昔も今も同じ。「よ」は字余りになるが、それでも敢えて挿入することで、強い祈りの気持ちを表現している。人は叶わないこと、どうにもならないことに出会ったとき現実を越える力を願い、祈るのだろう。この歌の下の句は、もっとさまざまな深い痛みに向かっているようで気になる。

今日、そんな強い気持ちで祈り、かつ報われないこととは何だろう。大地も生活も、未来もあまりにも多くのものを奪ってしまった東日本大震災。ことに、原発事故の被災地では普通の生活、普通の未来を夢見ることが難しい。実らぬ恋に例えてしまうにはあまりにも深刻にすぎるが、被災地を襲う雪の激しさを思うたびに「はげしかれとは祈らぬものを」とこの下の句が甦る。（川野里子）

契りおきしあの夢この夢忘れたか
息子むつつり三十路の貌す

❖契りおきしさせもが露を命にてあはれ今年の秋もいぬめり

千載和歌集　巻一六・雑上・一〇二六　詞書「律師光覚、維摩会の講師の請を申しけるを、度々もれにければ、法性寺入道前太政大臣に恨み申しけるを、しめぢが原のと侍りけれども、またその年ももれにければ、よみてつかはしける」

075

藤原基俊
Fujiwara no Mototoshi

川野里子 Kawano Satoko

……お約束くださった、しめじが原のさせも草――という露のような一言を命の頼りとしているうちに、ああ、今年の秋も空しく去っていくようです。

親心の切なさ

基俊がした頼み事は、僧侶である息子の律師光覚を興福寺の維摩会《ゆいまゑ》の講師にして欲しいというもの。維摩経を講ずるこの講師の役は大変名誉なものだが、叶えられぬまま維摩会の時期も終わってしまいそうだと恨むのである。基俊は太政大臣藤原忠通から『新古今和歌集』の「なほ頼めしめぢが原のさせも草わが世の中にあらむ限りは」の歌を示され、待っていたのである。清水観音の立場から、やはり私を頼みにして待っていよ私がこの世にある限りは、と詠まれたこの歌は、いかにも頼りにできそうである。だからこそ基俊は「させも」（よもぎ）を使うことでこの歌を思い出させようとしたのである。

この歌が作られた時代、階級や身分は現代とは比べものにならないほど大事なものであり、運命を決定する力をもっていた。「命にて」は非常に強い言葉だが、それほどにも頼みにしていたのは子を思うゆえ。親心の切なさが迫ってくる表現だ。

こんな直訴もできる先があるならしてみたいものだが、肝心の子の方はどうだろう。現代っ子は出世など望まず、独自の価値観で生きようとしている。親の願いとはうらはらにどこ吹く風だ。そんな息子も子供の頃にはたくさんの約束をしてくれた。あの可愛い約束や夢はどうなったのだろう。親の立場から恨み言も言ってみたくなる。むっつりと言葉少なく、やがて三十歳にもなろうという息子。社会の厳しさを知りはじめた横顔だ。（川野里子）

わたの原漕ぎ出でてみればマンバウも
われもの思《も》ふ孤島のひとつ

❖わたの原漕ぎ出でて見ればひさかたの雲居《くもゐ》にまがふ沖つ白波
詞花和歌集　巻一〇・雑下・三八二　詞書「新院位におはしましし時、海上ノ遠望といふことをよませ給ひけるによめる」

076

法性寺入道前関白太政大臣
Hosshoji Nyudo Saki no Kanpaku Daijodaijin

川野里子 Kawano Satoko

……大海原に漕ぎ出して見ると、空の雲に見まがう沖の白波。

孤独と自由

「海上遠望」という題に応えて作られた歌。この時代の貴族にとって海の彼方を眺めることは実景ではなく空想である。広い海とそこに立つ白い波の鮮やかな対比が印象的で雄大な歌として評価されてきた。漢詩の「春水ノ船ハ天上ニ坐スル如シ」（杜子美《としび》）、また「秋水長天ト共ニ一色」（勝王閣賦《しょうおうかくのふ》）を踏まえているとされ、詩の気韻を漂わせた名歌とされてきた。さすがに前関白太政大臣という立場にふさわしいとも言えよう。

現代短歌を読み慣れた目で見てみると、下の句がいささか技巧的に過ぎ、海の雄大さを損ねている気もする。だが、当時の人々にとっては、下地となった教養が滲むことの方が重要だったのだろう。雄大な海に漕ぎだした後は、自らを振り返らず海や波の風景に溶け入ってしまうかのような下の句は、身分に相応しいおおらかさである。近代以降の短歌は、ここでどうしても「私」を振り返らずにいられない。若山牧水の「白鳥は哀しからずや空の青海のあをにも染まずただよふ」（『海の声』）を思ってみても、自らの哀しみが白鳥に投影される。

さて現代は「海上遠望」にどのように応えるべきだろうか。海に漕ぎ出したなら、私は島の一つ。大海原に溶け込むような自由を夢見ることはできないが、マンボウのように漂う受け身の自由と孤独なら味わえるかもしれない。孤独と自由は常にセットだ。（川野里子）

ぼくらまた逢へるはずだよほら岩に
われた早瀬がもどつてゆくよ

❖瀬をはやみ岩にせかるる滝川のわれても末に逢はむとぞ思ふ
詞花和歌集　巻七・恋上・二二九　詞書「題しらず」

077

Sutoku In 崇徳院 × 山田 航 Yamada Wataru

……急流ゆえに岩にせきとめられた滝川が割れてもひとつに流れ合うように、あなたともいつかはきっと逢おうと思う。

ぼくらいつかきっと

滝のように流れの早い急流。そこに岩があり、川の流れが二股に分かれてゆく。そういった光景を実際に見たことのある人は多いのではないかと思う。そして二股に分かれた流れも、いつかは再び合流してまた一つの流れへと戻ってゆく。そんなありふれた川の風景を、一度は離れ離れになったとしても再び逢えることを願う恋心と重ね合わせた歌だ。

この歌は、「われても」のダブルミーニングに全てがかかっている。川が「割れて」という実景描写と、心が「破《わ》れて」という心情描写。それを支えているのは、「滝川の」の「の」というたった一字の助詞だ。この「の」は、一つには主格の「の」、つまり「が」と同じ使い方がされている。「滝川が割れても」というふうに、その後の動詞に連結する。そしてもう一つ、ここで一旦意味が切れる、中止法としての「の」の役割がある。「ああ、私の……」のように、一旦絶句して余韻を残す手法だ。「岩にせかるる滝川の……」で、作者は一度不安になるのだ。本当に再び出会えるのか。二人の前に立ちはだかっている流れはあまりに激しく、岩は大きい。だから絶句してしまうのだ。しかし、それでも無理に顔を上げて、「われても末に」と未来を信じることを決心する。再びは逢えないことを心のどこかでわかっているからこそ、未来を信じる。そんな悲痛さがこの歌にはある。その心情を、幼さゆえの純粋さを表現しやすい口語を使って訳そうと考えてみた。（山田 航）

西の方から響くカラスの鳴く声に
起こされてああ左遷初日だ

❖淡路島通ふ千鳥の鳴く声にいく夜寝覚めぬ須磨の関守
金葉和歌集　巻四・冬・二七〇　詞書「関路ノ千鳥といへることをよめる」

078

Minamoto no Kanemasa 源兼昌 × 山田 航 Yamada Wataru

……淡路島へ飛び通う千鳥の鳴く声に、幾夜目覚めたことだろうか、須磨の関守は。

絶望の朝に

かなり現代風にアレンジしてみた。この歌は要するに、田舎に流された貴族の嘆き。須磨は今でこそ神戸の海水浴場だけれど、昔は海女《あま》さんばかりいた寂れた漁村。そして都で政治的にうまくいかなくなった貴族が、一時身を隠す場所というイメージもあった。その須磨からさらに海の向こうの、淡路島からやってきた千鳥が鳴くさまは、冬の須磨の風景のうらぶれた印象をさらに強める。この歌以降、淡路島と千鳥の組み合わせはベタな定番になったそうだ。

この須磨の地にかつていた番人は、この声を聴いていったいどれほどの寂しい夜を越えてきたのだろうと考える兼昌。しかし本当に思いを馳せているのは、こんなところにまで来るほど落ちぶれてしまった自分自身の境遇なのだ。

そんな自虐的な雰囲気を、あえて都会的モチーフに置き換えて新訳とすることで、現代的なやさぐれ感を強調してみた。千鳥はカラスに。須磨へと流された貴族は、左遷されたサラリーマンになりました。兼昌は須磨の関守に託して、ひたすら同じことを繰り返す日々の退屈さを想像した。現代のサラリーマンもまた、未来の可能性が閉ざされてしまったまま日々をただ消費するサイクルの中に自分が置かれてしまったと気付いたとき、とてつもない絶望に囚われるしかないのだろう。カラスの馬鹿にしたような鳴き声は、現代口語の自嘲的な感覚ととても親和性が高い。（山田 航）

秋風にたなびく雲の切れ間から
こぼれ出す月のかがやきながら

❖秋風にたなびく雲のたえ間より漏れ出づる月の影のさやけさ

新古今和歌集　巻四・秋上・四一三　詞書「崇徳院に百首歌たてまつりけるに」

079

左京大夫顕輔
Sakyo no Daibu Akisuke

×

山田 航 Yamada Wataru

……秋風に吹かれたなびく雲の切れ間から、こぼれる月の光の、なんと澄んでいることか。

流麗なるリズム

この歌あまりに完璧すぎて、新訳なんていらないんじゃないかと思うんだけど……。難しい古語もないし、現代人でも普通に読めてしまう。秋風でたなびいている雲のあいだから月の光が明るく漏れているという、ただそれだけの歌。それだけの歌なのにこれほどまでに心に残るのは、やっぱりリズムがとても練られていて流麗だから。

よく読むとこの歌、四句目の「漏れ出づる月の」以外はすべての句がa音で頭韻を踏んでいる。a音は広がりを感じさせる音なので（個人的には円筒形のイメージが浮かんでくる）、一首全体がメジャーキーのように明るく開放的な印象だ。その中で四句目だけがマイナーコードを思わせる少し沈んだ雰囲気。o音の少しくぐもった音（個人的には円形もしくは正方形が平面上に広がってゆくイメージ）が抑えた空気感を生み出し、その後の「影のさやけさ」のa音連発へのの爆発へとつながってゆく。「漏れ出づる月の」の八音の字余りも、この「爆発寸前のタメ」効果に大きく寄与している。

なので訳すときも、全体的な頭韻、四句目の「o音＋字余り」のタメ、そして結句のa音連発の爆発感を意識してみた。本歌は体言止めが一首を一枚の絵にまとめたような効果を与えているが、そこはあえて外し、言いさしの結句によって「完璧すぎ」にならないよう工夫した。

（山田 航）

「ずっと」なんて君は言うけど
ぐしゃぐしゃの髪と涙を枕にあてて

❖ながからむ心も知らず黒髪の乱れてけさはものをこそ思へ

千載和歌集　巻一三・恋三・八〇二　詞書「百首の歌たてまつりける時、恋の心をよめる」

080

待賢門院堀河
Taikenmon In no Horikawa

山田 航 Yamada Wataru

……お心が末長く変わらぬものかどうか、私には分かりません。お逢いした後の今朝は、黒髪が寝乱れるように心も乱れて、物思いに沈んでおります。

「ずっと」なんて

激しく愛し合った後の朝を想起させる、情熱的なエロスを感じさせる歌。恋人が帰ってしまった後に一人になった寝床で、「あなたの心はいつか変わってしまうかもわからないけれど……」と不安を抱えながら思い悩んでいる。女性性の象徴である黒髪の乱れは、同時に心が混乱している状態の表現でもある。「ものをこそ思へ」は命令形ではなく、係り結びによる強調。

自分が愛すれば愛するほど、相手は自分をそれほど愛してくれてはいない気がしてしまう。現代でもきっと変わらない恋心だろう。「ずっと好きだ」「永遠に愛してる」なんて言われたとしても、口先だけのように思えてやっぱり不安……そんな気持ちが「ながからむ心も知らず」なのではないかと考え、少女的な口語を用いて翻案してみた。筆者はいつもは旧仮名を使っているのだが、この歌は女性歌人ということもあり、ガーリーな雰囲気を強調するために新仮名にした。

一応イメージしているのは、うつ伏せで枕に顔を沈めたまま泣き疲れて眠ってしまい、目が覚めたら寝乱れた髪と涙に湿った枕に気付いたというシチュエーション。少女漫画好きなものでそういう空想ばかりは妙に働いてしまう。平安時代では重要なアイテムだった「黒髪」も現代ではそれほど重い価値を持ったものでもなくなっているので単に「髪」とし、かわりに「ぐしゃぐしゃ」というオノマトペでもって、髪と心双方の激しい乱れの表現としてみた。（山田 航）

イヤホーンを外して歩く有明の
月のひかりを聴きつつひとり

❖ほととぎす鳴きつる方《かた》をながむればただ有明の月ぞ残れる

千載和歌集　巻三・夏・一六一　詞書「暁郭公を聞くといへる心をよみ侍りける」

081

後徳大寺左大臣
Gotokudaiji no Sadaijin

荻原裕幸 Ogihara Hiroyuki

……ほととぎすの鳴いた方をじっと見つめても、ただもう夜明けの空に薄い月が残るのみ。

ひとりの月夜

古典和歌の世界の背景には、つねに「静」や「無」があるように感じる。音は静寂の中で突然に響きわたり、ものの姿は虚無の中からいきなり出現する。この藤原実定（後徳大寺左大臣）の一首などは、背景にある「静」や「無」が、ことに強く感じられるものだろう。むろん作者の周囲には、王朝なりの日常というものがあったはずだけれど、当時の和歌は、まずその日常を封じたところから書き起こされていたらしい。そこに、現代の短歌との決定的な違いがある。

ほととぎすの鳴き声をもっとも美しく響かせるのは、夜明け等の静寂の時間であり、月をもっとも美しく見せるのは、他のものが姿を見せない虚無の空間なのである。ほととぎすの鳴き声によって音の美に満たされた世界から、一転して月の姿の美しさへと転じる手法は、美に美を重ねあわせてなおシンプルな情感をもたらす。現代を生きる私たちに、もはや手に入れることのかなわない、典型的な和歌の美を感じさせてくれる佳品だと思う。

私の新訳の一首では、そんな古典和歌の美を、現代風に変換してみた。外出のとき、常時耳を音楽で塞いでしまい、モバイルツールのモニターを眺めては、情報をシャットアウトして生きている現代人も、実物としての風景を愛するこころを失ったわけではないのだ。ただ、いにしえの歌人とは、少し違った愛し方だけれども。（荻原裕幸）

こぼせなかつた涙はたぶんわたくしの
内部に冬の渚をつくる

❖思ひわびさても命はあるものを憂きに堪へぬは涙なりけり

千載和歌集　巻一三・恋三・八一八　詞書「題しらず」

082

Doin Hoshi 道因法師 × 荻原裕幸 Ogihara Hiroyuki

……どうしようもない恋に悩み、それでも命はつないでいるのに、辛さに堪えられないのはこぼれ落ちる涙であったよ。

涙の渚

恋する相手にまるで希望がもてなくて、嘆き、悲しみ、どん底の気分で、それでも命が絶えてしまうことはないのに、涙には堪え性がなくて、ぽろぽろ流れてしまう。当事者にしてみれば深刻な話だとはわかるものの、命と涙とを大真面目に対比しているあたり、現代人の感覚からすると、どこかしらユーモラスな印象がある道因法師の一首。こんな能天気なこと言ってる人の命が絶えるわけがないじゃん、と、ついついつっこみを入れたくなる。

古典和歌の解釈的には叱られそうな感想だけど、現代の感覚のままで文語の心情的な表現を読むと、滑稽味が生じてしまうのは事実である。現代で文語がかっこよく感じられるとすれば、それは主に写実的な表現においてである。千数百年の歌の歴史の中で、昨今数十年は、口語全盛という異様な時代であり、私ももちろんその影響を受けている一人なので、不届きでけしからん方向に感想が歪んでしまうのかも知れない。ご容赦願いたい。

ともあれ、新訳の一首では、道因法師の世界を反転して、現代の日本の、人前で泣くことをよしとしない人物の、堪え性のある涙について描いてみた。絶望的な悲しさの中で、それでも流すのをがまんした涙は、どこに行くんだろう、といつも思う。私の内部のどこかには、涙の大きな海ができているのかも知れない。（荻原裕幸）

火星の暮らしに火星の税が課せられる
玄孫の玄孫の娘を思ふ

❖世の中よ道こそなけれ思ひ入る山の奥にも鹿ぞ鳴くなる
千載和歌集　巻一七・雑中・一一五一　詞書「述懐の百首歌よみ侍りける時、鹿の歌とてよめる」

083

皇太后宮大夫俊成
Kotaigogu no Daibu Toshinari

荻原裕幸　Ogihara Hiroyuki

……この世に逃れる道はないのだなあ、幾度も思いめぐらして分け入ったこの山の奥でも鹿が悲しそうに鳴いている。

世界の出口

藤原俊成の一首に出て来る「道」は、現代風に言い換えれば「出口」ということになるのだろう。当然のことながら、この世であるかぎり、世界はどこまでもつながっているのだ。その場しのぎの逃げ場はともかくも、ほんとの意味での逃げ場はどこにもないのである。思いつめて、世捨て人のように山奥に転居しても、鹿の鳴き声を聞けば、それが悲しみの声として聞こえ、こんな山奥にさえ憂いの種があるのだ、どこも同じなのだ、と悟ってしまう。

ちなみにこの一首、藤原俊成二十七歳の作だという。そんな若さで、何ゆえそれほど老成した考えをめぐらせているのかと訝しみたくなる。むろん、王朝の二十七歳を、現代の二十七歳の尺度ではかるわけにはいかない。ただそれにしても、もう少しくらいはポジティブな展望があってもいいではないか、と、そこから八百何十年後かの現在に暮らす私は感じる。王朝の歌人の寂寥感は、私のような俗物には、消化するのがなかなか難しいようだ。

新訳の一首では、俗物なりに思案をめぐらせてみた。十世代ほど後の子孫が、新天地を求めて火星での暮らしをはじめるなんてことも、もしかしたらあるのかも知れない。出口を求めた結果がこれかと火星の税制を嘆く子孫、仮に娘としておこう、の苦笑の表情は、それでも希望に満ちていると思いたい。所得税は、また消費税は、何パーセントだろうか。（荻原裕幸）

ぼろぼろのけふのわたしを壜に詰めて
放つ真夏のしづかな入江

❖ながらへばまたこの頃やしのばれむ憂しと見し世ぞ今は恋しき
新古今和歌集　巻一八・雑下・一八四三　詞書「題しらず」

084

藤原清輔朝臣
Fujiwara no Kiyosuke Ason

荻原裕幸 Ogihara Hiroyuki

……長く生きれば今日のことも懐かしく思い出すのだろうか。辛かった昔が今となっては恋しいように。

わたしを壜に詰めて

物や事に託して何らかの表現を成すことをよしとし、それを短歌の技術だとみなしている現代の感覚からすると、古典和歌に見られる述懐的なモチーフには、読んで理解はできても、とらえどころのなさのようなものが残る。藤原清輔の一首もまたそうした述懐の歌である。憂しと感じて来た過去や現状が、どのような質のものであったのかを、私たちは作品の外の情報に求めるしかない。その時代を知らなければ、憂鬱の内実は見えては来ない。

ただ、この一首の、時間をめぐる感覚、過ぎ去ればすべてが美しいと言わんばかりの、時間の経過による美化作用は、現代にもそのまま通じる一般性があり、愛誦性の高いものだろう。到底受容できないほどの不幸や不運や不遇を濾過して、希望や可能性の部分だけを抽出する。時間の力と言うよりも、意志の力によるものと言うべきだろうか。生きながらえることを最善の選択肢とみなす、ポジティブシンキングの一種だと思われる。

新訳の一首では、時間のモチーフをめぐって、多少抽象的なところはあるものの、具体的な風景や行為につなげて描いてみた。壜に詰められた、今日のぼろぼろの私が、いつか治癒して戻るのを期待して放つのである。長い時間がかかるかも知れないけれど。そのためには、やはり、生きながらえることが、最善の選択肢となるのだ。（荻原裕幸）

明けないでほしい夜《よ》もある　まならの
ほのかに白むこそつれなけれ

❖夜もすがらもの思ふころは明けやらぬねやのひまさへつれなかりけり

千載和歌集　巻一二・恋二・七六六　詞書「恋歌とてよめる」

085

Shun'e Hoshi 俊恵法師 × 今野寿美 Konno Sumi

……夜通し物思うこの頃は、あなたのことも、いつまでも夜明けの光を通さぬ閨の隙間さえもが、つれなく思われる。

明けないでほしい夜

想う相手がつれないと本歌はひどく怨んでいる。相手の薄情さを怨む主題は、和歌において女心をせつせつと訴えるに恰好の設定だったらしい。東大寺のお坊さんであったゆえに俊恵が恋と無縁だったとは思えないが、歌はどこか路線どおり。生身の女心には、いささか遠いのではなかろうか。たぶんそれは、男が女の立場で詠む限界ということではなく、間違いなく恋の怨みなどという既成の主題のせいだと思う。恋人だけでなく閨の隙間までが無情だと少し不思議な怨みようだ。当時の結婚やそれに至る恋のなりたちからすれば、女は受容か拒否か、さもなくば身の内深く怨みを抱くしかなかったのだろう。といって、誠実な男がもてるとは限らず、多少ワルな匂宮タイプに惹かれてしまう女心も共感を呼んだようだから、男や社会のせいばかりにもできない。

それにしても、想いを寄せて、その心を伝えたいと願い、応えてほしいと望みながら、いっこうに進展がないとき、その想いは相手への怨みに転ずるものなのだろうか、本当に。近世の怪談など、それに類する話はいくらもあるけれど、いかにも無駄なエネルギーの消費って感じだ。いっそ六条御息所みたいに矛先を同性に向けるか。それも不毛。相手にその気がないとき、わたしなら、ただただ哀しい。哀しみに浸されていることが今の自分のすべてなら、そんな夜は明けないでほしい。眠れないまま、閉じた目に朝の光を感じると、それこそがつれないそれだけだ。（今野寿美）

西行も啄木もすぐ泣く男
そのかこち顔その先の月

❖嘆けとて月やはものを思はするかこちがほなるわが涙かな
千載和歌集　巻一五・恋五・九二九　詞書「月前ノ恋といへる心をよめる」

086
Saigyo Hoshi 西行法師 × 今野寿美 Konno Sumi

……嘆けと言って、月がわたしに物思いをさせているのか。そうではないのに、月のせいにしてこぼれ落ちるわたしの涙よ。

泣く男たち

歌の世界では男がよく泣く。一般的に男泣きとはいうけれど、男は人前で滅多に泣かないという前提あってのことで、それはむしろ直情的な潔さのニュアンスで肯定的に聞こえるのではないかと思う。だから、その涙は喜びの爆発であったり、他者への同情のほとばしりであったり。もちろんしんみりの涙もあって、苦み走った俳優が声を押し殺して泣いたりすれば名場面となる。歌のなかの男の涙は、まずもって感傷の直截表現なのだが、感情の発露からそこに至る踏切がいささか早い。その代表がなんといっても西行と啄木である。

西行の歌には桜と並んで月が多く登場する。そしてそこには恋のやるせなさや悩ましさがまつわっているという。本歌には『伊勢物語』の〈男〉の心情を重ねる読みもなされており、伝統的な風流男《みやびお》の感傷を受け継ぐ意味合いがあるのかもしれない。この一首では、反語の文脈の強い調子で訴えたところが西行らしいパフォーマンス。怨めしさを取り繕いもしない涙であり、自己の世界確立のために不可欠のような涙という印象で迫る。

時代かわって生活や人生の不如意を嘆いた啄木の涙は、はるかに現実的となるのだが、彼らの涙には、『万葉集』で大伴旅人が賢《さか》しらを言うよりは酔泣《えいな》きするほうが……と加えた考察の影もない。それだけ直情的で生々しいから、読者も素直に哀しみを共有してしまうのだろう。（今野寿美）

まきの葉やぬれていよいよかがやくと
村雨過ぐる夕暮れを待つ

❖村雨《むらさめ》の露もまだ干《ひ》ぬまきの葉に霧立ちのぼる秋の夕暮

新古今和歌集　巻五・秋下・四九一　詞書「五十首歌たてまつりし時」

087

Jakuren Hoshi 寂蓮法師 × 今野寿美 Konno Sumi

……さっき通りすぎた雨の露も乾ききらない真木の葉に白く霧が立ちのぼる秋の夕暮れ時よ。

雨ののちを待つこころ

「村雨《むらさめ》」に限らない。「秋雨《あきさめ》」「春雨《はるさめ》」「霧雨《きりさめ》」「小雨《こさめ》」「氷雨《ひさめ》」ほか、日本語は雨にさまざまな名を施して、その様態や季節をきれいに匂わせている。そのこと自体がこまやかな情感を伝えるものなのだろう。加えて「あめ」が複合語になって「さめ」となったときの音のつつましい響き。それも魅力だと思う。以前、「コサメビタキ」という鳥の名を知って、なんて素敵な命名をしたものかと感動した。ヒタキ科の鳥はみな瞳が大きく、コサメビタキも実に可憐。ところが図鑑で確かめると、その名は「小鮫鶲」なのだった。サメビタキより一回り小さいということらしい。鮫がついた由来は色合いかららしいが、可愛さに変わりはないものの、ちょっと失望した。それで考えると「こさめ」を美しいと聞く感覚には「小雨」がセットになっていて、「小鮫」じゃだめらしい。小・雨が「こさめ」となり、村・雨が「むらさめ」となるところに、日本人として反応しているのだろうか。でも、現代の暮らしのなかでは、村雨の名もあまり口にされなくなってしまった。ひとしきり降って止む雨だから、あとに残るのは濡れた木々の葉、繁みである。本歌では、しとどに濡れた真木（杉や檜《ひのき》をさすという）に目をやると、そこから立ちのぼるかのような霧が視界を覆っていったというのだろう。美の中心は、乾く間もない真木の葉がしっとりとして、もしかしたら没《い》りゆく陽がわずかに照らしたのかもしれない。濡れて照り映える木々の葉。心静かに待っていたい。（今野寿美）

この恋は一生《ひとよ》にあらず一節《ひとよ》ゆゑ
一夜《ひとよ》つくして身に余るなれ

❖難波江《なにはえ》の蘆《あし》のかりねのひとよゆゑ身を尽してや恋ひわたるべき

千載和歌集　巻一三・恋三・八〇七　詞書「摂政右大臣の時、家の歌合に、旅宿に逢ふ恋といへる心をよめる」

088

皇嘉門院別当 Kokamon In no Betto × 今野寿美 Konno Sumi

……難波江の蘆の刈り根の一節、そんな短い一夜の共寝を許したせいで、あの澪標のように身をつくして、あなたを恋い続けることになるのでしょうか。

一夜つくして

本歌の「ひとよ」は「一節《ひとよ》」と「一夜《ひとよ》」を掛けている。和歌ではおなじみの「節《よ》」だけれど、今となってはすでに古語。古語に寛大な現代短歌で見ることもほとんどない。竹や蘆の節《ふし》と節の間をいったもので、それだけ短い間を思わせるから、本歌の流れでいえば「ひとよ」によって「わずか一夜の」といったニュアンスが重層的にもたらされる。「ひとよ」すなわち、はかなく虚しい恋と承知で、なおのこと思いをかき立てられ、身を尽くしてでもといっている。いささか破滅的な歌なのに、技巧をこらしていることが不思議なパワーとなるのか、いたく押し出しが強い。

この歌にちりばめられた縁語や掛詞また序詞といった和歌の修辞は、近代以降の歌からすっかり影をひそめてしまった。その一方、近代歌人は歌の文脈や韻律に合わせて用語の領域を広げ、現代短歌に受け継がれている例も少なくない。和歌において敬遠された漢語を訓読みして和語らしく言い換えるのもそのひとつであろう。「一生《いっしょう》」を言い換えた「一生《ひとよ》」など、現代歌人にはかなり好まれている。仏教的な意味で現世をさす「一世《いっせ》」の訓読語として「一世《ひとよ》」と読む例は『万葉集』からみられるので、どこか自然ななりゆきだったのでもあろうか。

この恋、一生をかけるまでにはなりそうもない。あっけない恋であるなら、それだけこの一夜にすべてをかけよう……。捨て身になっても余る恋の終わりは、ことばのなりゆきのせいだった。(今野寿美)

死にたいよ、いっそ死にたい指先は
闇にまぎれて夜をさまよう

❖玉の緒《を》よ絶えなば絶えねながらへば忍ぶることの弱りもぞする

新古今和歌集　巻一一・恋一・一〇三四　詞書「百首歌の中に、忍ぶる恋を」

089

Shokushi Naishinno 式子内親王 × 東 直子 Higashi Naoko

……わたしの命よ、絶えるならば絶えてしまえ。このまま生きながらえれば、耐え忍ぶ力も弱って、秘めた恋心が外にあらわれるかもしれないから。

やばい心

この気持ちが表に出てしまうくらいなら死んでしまいたい……。一体どういう情況かと思うが、秘めた恋心が外にわかってしまうことが恥ずかしいという気持ちは、今の我々も同じである。恋心に対する羞恥心が連綿と受け継がれてきたという、人の心理を推し量る確かな証拠としても興味深い歌である。又、「忍ぶ」気持ちに対して「弱る」という動詞が当てられているところも興味深い。「忍ぶ」という気持ちは強いものである、ということが前提になっているのだ。恋心が大して強いものでなければ案外忍んだりもしないだろう。強い気持ちを無理に押さえつけるから、その圧力で気持ちは濃縮されてさらに強くなってしまう。「絶えなば絶えね」というリフレインは、破裂寸前の風船のような、切迫した恋心を助長している。心の声を昨今の会話風に描くとしたら、「やばいよあたし、好きすぎてもうがまんできないし、ぜんせん無理だし、ばれちゃうし、そんなんなったら死んだ方がまし！」といったところだろうか。

さて、現在、そんな「やばい心」を抱えていた場合、もっともやばいのが、twitterなど指先一つで簡単にネット上に心理を書き込めてしまうツールである。忍ぶることの弱りがちな真夜中、一時の気の迷いが指先に伝わりアップロードした言葉は、世界中からアクセスされてしまう。なんと恐ろしいことであろうか。（東 直子）

海から上がってきた人よりも濡れていて
しかも赤いの　見てくれるでしょ

❖見せばやな雄島《をじま》の海人《あま》の袖だにも濡れにぞ濡れし色は変はらず

千載和歌集　巻一四・恋四・八八六　詞書「歌合し侍りける時、恋歌とてよめる」

090

殷富門院大輔 Inpumon In no Taifu × 東 直子 Higashi Naoko

……あなたにお見せしたいものです、血の涙で赤く染まったわたしの衣の袖を。あの松島の雄島の海人の袖でさえ、濡れに濡れても色は変わりませんのに。

血の涙

海人の袖の方は「色は変はらず」なのにねえ、と詠嘆している、つまり自分の方は色が変ってしまっているということなのだ。原作には何色とも書いていないが、どうやら血の色に変っていることを示唆しているらしい。血の涙で濡れてるの、私の方は、ということなのだった。……怖い。怖すぎる。情熱的な恋の歌というより、ホラー短歌の粋ではないだろうか。しかもとても官能的である。その強調された表現が、嫌みだとか大げさだとか執拗だとか、いろいろ言われているようだが、こんなに思い切った心理表現ができるのも和歌ならではだと思う。普通の会話でこんなことを口走ったら、まわりに人がいなくなるだろう。しかし和歌にこうして閉じ込めた誇張表現は、千年を越えても歌留多《かるた》というカード遊びで吟じられるほどに親しまれ、受け継がれてきたわけである。海人の袖が濡れている情景を詠んだ先達の歌をふまえた上で「血の涙」まで示唆したインパクトが、作品を生き残らせたのだと思う。

「怪談短歌」と呼ばれる怖い歌を集めたことがあるのだが、そのとき、恐怖につながる語彙を並べていかにもおどろおどろしく表現したものの方がかえって怖くない、ということに気づいた。一見普通に見える言葉の連なりの中に違和感をさりげなくまぎれこませる方が、断然怖いのだ。そこで、原作の怖さをより生かすために、カジュアルな文体で表現した。（東 直子）

ひとり寝のさむいさみしい夜《よ》の耳に
こおろぎだけが鳴いております

❖きりぎりす鳴くや霜夜《しもよ》のさむしろに衣かたしきひとりかも寝む
新古今和歌集　巻五・秋下・五一八　詞書「百首歌たてまつりし時」

091

後京極摂政前太政大臣
Gokyogoku Sessho Saki no Daijodaijin

東 直子 Higashi Naoko

……こおろぎ鳴く霜の降る寒い夜、むしろに衣の片袖だけを敷いて、わたしはたったひとりさびしく寝るのであろうか。

まろやかな感触

きりぎりすはこおろぎのことである、と高校生のときに古典の授業で知って驚いた。見た目がぜんぜん違うのに。だから本歌も正確には「こほろぎの鳴くや霜夜のさむしろに……」と置きかえて読んだ方が正確にイメージできるわけだが、「きりぎりす」という語が引き出す「ぎりぎり」や「きりきり」というオノマトペから醸し出される痛々しさや切迫した語感が、心を刺激する。

この歌は、作者が最愛の妻を亡くしたあとに作られたものだという。それを知ると、「衣かたしき」という言葉のわびしさがより痛切に感じられる。ほんとうに寒そう。ほんとうに淋しそう。しかし、前の二首で女性の激しい和歌を読んだせいか、妙にのんびりとした印象も受ける。カ行、ラ行サ行マ行がバランスよくブレンドされ、韻律が軽やかで、まろやかな感触があるのだ。

孤独なのに、ひょうひょうとしている、この感じ。思い出したのが、放浪の歌人、山崎方代《ほうだい》である。奇しくも彼には『こおろぎ』という名前の歌集がある。この和歌を現代の言葉で翻訳するとしたら、方代が残した歌のテイストを生かすとよいのではないか、と思いついた。「ま夜中をひとり静かに茶をたてて心の中をあたためておる」「一度だけ本当の恋がありまして南天の実が知っております」などを念頭に置いて作ったことを記しておきたい。（東 直子）

あの海の底に濡れたままの石を
君は見つけてくれるだろうか

❖わが袖は潮干《しほひ》に見えぬ沖の石の人こそ知らねかわく間もなし
千載和歌集　巻一二・恋二・七六〇　詞書「石に寄する恋といへる心をよめる」

092
Nijo In no Sanuki 二条院讃岐 × 東 直子 Higashi Naoko

……わたしの袖は潮干の時にも見えない沖の石のようなもの。人は知らないでしょうけれど、涙に濡れて乾く間もありません。

気付いてほしい

和歌で頻出する「袖を濡らす」とは、袖で泪を拭く、つまり、「涙を流す」ことである、という明確な共通認識がある。しかし現代では、涙を袖で拭いたりはあまりしないため、現代語訳で「袖」の象徴性をそのまま生かすことはできない。そこで、この歌の「わが袖」として描かれた「涙を流す」ことを、暗喩として匂わせるように持っていこうと考えた。「袖」が「かわく間もなし」と説明しなくても、沖の底に沈んで絶えず濡れている石のイメージだけで、人知れず涙にくれている人の心の喩として伝わるだろう。そういえば「潮干に見えぬ」という部分も少し説明的である。海の底に沈んでいる石に自分をなぞらえた幻想性が好きなので、そのイメージに直接繋がるような表現とした。当時は今のように海底を写した写真などを見ることはできず、誰も見たことのない世界を描いている点は、注目すべきだと思う。

本歌の結句は、歌を呼びかけている相手に対して、袖がかわく暇もないほど泣いているのだ、と切々と訴え、嘆いているのだが、嘆いてばかりでは心は前に進まない。幻想的な情景の中に、恋しい人をぜひとも登場させたいと思った。海の底の誰にも知られることのない石（私）を、白馬の王子様のごとく現れてかっさらってもらうのが理想なのだろうが、あまり調子よく登場させても、本歌の心情から遠くなってしまう。そこで「くれるだろうか」という推量にし、自分の気持ちに気付いてほしいという願いと希望をこめた。（東 直子）

地球永久《とわ》に戦火は消えよ
流星の消えてなほ暗き闇を仰ぎぬ

❖世の中は常にもがもな渚漕ぐ海人《あま》の小舟《をぶね》の綱手《つなで》かなしも

新勅撰和歌集　巻八・羇旅・五二五　詞書「題しらず」

093

Kamakura no Udaijin 鎌倉右大臣 × 尾崎左永子 Ozaki Saeko

……世の中はいつまでも変わらずあってほしい。波打ちぎわを漕ぎゆく漁師の小舟の、綱手に曳かれて行く風景のいとおしさよ。

星への祷り

　鎌倉に住んでいるせいもあって、源実朝の歌を読むことは多いのだが、若い実朝の歌に合点《がってん》を施していわば指導した定家が、後に「百人一首」の中になぜこの歌を選んだのだろうか。この作は『金槐和歌集』の「雑」に載っているが、この集は実朝二十二歳の時の自撰で、つまり満年齢でいえば二十歳時の作。そして二十八歳には殺されている。二十歳の青年の歌としてはあまりにも寂しい気分が伝わってくるのは、その頃すでにこの世に永らえることの難しさを感じていた証拠のように思えてならない。「常にもがもな」（いつまでも変わらずにあってほしい）といいながら、綱手に曳かれて行く小舟の危うさ、哀れさを下句に据えているのは、単に鎌倉の海辺での所見を歌ったのではなく、常に危うい自らの地位、自らのいのちをじっと心に抱えていたからにちがいない。

　現代ではもう、海上を行く小舟の危うさどころではなく、地球規模の危機感が誰の胸にも宿っている。北極の氷は溶け、日本海溝側の巨大地震、異常気象、そのうちに海面が高くなって、日本沈没も夢物語ではなくなりつつある。それなのに、女子供が殺戮されるイスラム国の擡頭、中国政府の強硬策、地上に生きる者としては、安寧を信じかねる情勢がつづいている。せめて、人間同士、国家間同士の殺戮は止めてほしい、というのが、実際に第二次世界大戦を少女時代に経験した私の切なる思いである。が、ただ闇の中で祷ることしかできない。もどかしい。

（尾崎左永子）

宿りたる山の一夜のしづもりに
洗濯機うごく音響きくる

❖み吉野の山の秋風さよ更けてふるさと寒く衣打つなり

新古今和歌集　巻五・秋下・四八三　詞書「擣衣の心を」

094

Sangi Masatsune 参議雅経 × 尾崎左永子 Ozaki Saeko

……吉野山の秋風が吹きおろす古都の里の夜はふけて、どこからともなく衣を打つ砧の音が寒々と聞こえてくる。

砧もいまは

参議雅経（藤原氏）は『新古今和歌集』の撰者の一人だが、和歌と蹴鞠の名家として知られる「飛鳥井《あすかい》」家の祖。父の頼経は源義経に加担したため伊豆に配流されたが、この雅経も父を慕って関東に下り、蹴鞠の巧い処から頼朝に重用され、後、後鳥羽院に招かれて歌道、蹴鞠の才を以て一族の繁栄を得たという。この歌などは「み吉野の山の白雪つもるらしふるさと寒くなりまさるなり」（坂上是則《さかのうえのこれのり》・古今和歌集）の完全な「本歌《ほんか》取り」だが、たしかに巧みに山里の寂しさを表出している。

「衣打つなり」は、「砧《きぬた》」を打つ音のことで、昔は衣類や布類をやわらかくして艶を出すために、木や石の台に衣をのせて槌で叩いた。これは主として女の仕事、それも夜の仕事とされていた。今は若者の流行の街「ニコタマ」こと二子玉川の奥に戦後まで「砧村」があり、二子玉川駅から砧村行の玉川電車の支線が出ていた。一両だけの車両で行先が平仮名で横書きに書いてあるのを見た姉が「えっ？　たぬき!?」と叫んだのを覚えている。

砧は女が男の帰りを待っている恋の心を歌った例が多いけれど、現代風に翻案するのに「洗濯機の音」に転換したのだ。ややりすぎかも……。しかし、若い頃はよく山歩きをした私としては、いつのまにか山小屋に電気がひかれて、電化していった時代をまざまざと見て来た世代でもあり、床を伝って来る電化製品の振動を聴きながら眠ったのも、いまはなつかしい記憶である。（尾崎左永子）

信仰を持たざるままに歌のため
身をつくし来しわれの晩節《ばんせつ》

❖おほけなく憂き世の民におほふかなわがたつ杣《そま》にすみ染めの袖

千載和歌集　巻一七・雑中・一一三七　詞書「題しらず」

095

前大僧正慈円
Saki no Daisojo Jien

尾崎左永子 Ozaki Saeko

……身のほどもわきまえず泰平を祈り、私は憂き世の民に覆いかける、「わが立つ杣」と歌われた比叡山に住む僧として、この墨染の衣の袖を。

歌のために

中世の動乱期に天台座主《ざす》を四度に亘《わた》って務めた慈円は、法性寺《ほっしょうじ》関白藤原忠通の十一男。二歳で母を、十歳で父を亡くし、僧籍に入った。兄に関白兼実、甥に『新古今和歌集』の後楯《うしろだて》ともなった摂政良経（良経は若死で、毒殺説もある）がいる。著書の『拾玉集《しゅうぎょくしゅう》』の中には、他に見られない源頼朝とのやりとりが多く収められており、また西行とも仲が好く、西行の言動なども記されていて興味深い。

この歌は慈円がまだ若い頃の歌で、「おほけなく」は「身の程もわきまえず」の意の謙遜語だが、実際には皆の上に立って、浮世の民の上に天台宗の教えの衣を蔽《おお》いかけなければ、という覚悟がみえて若々しく力強い。「杣《そま》」自体は樹木を植え付けて材木をとる山のことだが、「わが立つ杣」といえば比叡山のこと。「阿耨多羅三藐三菩提《あくたらさんみゃくさんぼだい》の仏たちわが立つ杣に冥加《みょうが》あらせ給へ」（新古今和歌集・釈教）という伝教《でんぎょう》大師の歌に基づいている。「わが立つ杣にすみ染めの袖」は「杣に住み」と「墨染めの袖」（僧衣）が掛けてある。

現代日本では宗教は各人の自由であり、良識に従って周囲に悪影響や害を与えなければそれで済むが、それだけ平和な国ともいえる。生まれてからの初参り、七五三、お正月は神社、お盆お彼岸お葬式は仏教、学生時代はキリスト教と、全く違和感なく過して来てしまった私だが、七十歳を越えてから、「歌と美しい日本語」を目ざして雑誌を創刊したのは、やはり日本人にとって、短歌形式は最も大事な詩型、と考えたからであった。（尾崎左永子）

風に散る花の光《ひかり》に捲《ま》かれゐて
痛切に知るわれの残世《のこりよ》

❖花さそふ嵐の庭の雪ならでふりゆくものはわが身なりけり

新勅撰和歌集　巻一六・雑一・一〇五二　詞書「落花をよみ侍りける」

096

入道前太政大臣
Nyudo Saki no Daijodaijin

×

尾崎左永子 Ozaki Saeko

……桜を誘っては散らす山風の吹く庭に、雪のように花が降り敷く。その花吹雪ではなく、古びゆくものはわが身であるよ。

花の老い

作者は西園寺《さいおんじ》家の藤原公経《きんつね》。この人は鎌倉幕府と仲が好く、つねに京都と鎌倉の権力の中間にあって中次役《なかつぎやく》を務めたため、後鳥羽院の勅勘を蒙ったが、承久の乱にも生き残り、のち京都北山に豪華な西園寺邸を建てた。藤原定家とは姻戚関係にあったせいもあって、宮中歌壇でも活躍した。権勢を誇った太政大臣であっても、いつか老いはしのび寄る。

この歌は『新勅撰和歌集』の「雑」の部に収録されているが、『新勅撰和歌集』は定家撰、ほとんど定家の美意識で選ばれており、一方、鎌倉（北条）方への遠慮から後鳥羽院や順徳院の歌は載っていない、という特色がある。

その中でこの歌は、いかに権勢を誇った藤原公経といえども、年経ればいずれ年老い、死の影を自覚するという人間のはかなさをさりげなく歌っており、癖がなくて佳詠だと思う。同時に、新鮮で俊敏な技巧的な歌を好んだ定家もまた、この時代には淡々として穏やかな歌に魅かれるようになっていたと思われ、年齢の推移によって作品の内容も好みも老化して行く過程の見えるところも興味をひく。

美意識などというものは、いかに言葉を尽くして論議しようと、その人のその年代の作品にしか表われないものだという気がする。

「花」と「老い」と。私の住む鎌倉山の桜並木も年老いて枯れるもの年々多く、自らも年々身の衰えを切実に感じるこのごろである。「願はくは花の下にて春死なむ」の西行の心境にも次第に現実味、真実味を感じる。それにしては、この新歌は消化し切れていないのが残念。（尾崎左永子）

待ちぼうけ思ひ切れない人ゆゑに
みだれ恋する恋こそは不死

❖来ぬ人をまつほの浦の夕なぎに焼くや藻塩《もしほ》の身もこがれつつ

新勅撰和歌集　巻一三・恋三・八四九　詞書「建保六年内裏歌合　恋歌」

097

権中納言定家
Gonchunagon Sadaie

馬場あき子 Baba Akiko

……いつまで待っても来ない人を待ちつづけている。松帆の浦の夕なぎ時に浜辺で焼かれる藻塩のように、わが身を焦がしながら。

粘りある言葉

この歌は定家撰の『新勅撰和歌集』に収録されているのでかなりの自信作だったと思われる。詞書によれば建保六年（一二一八）の内裏歌合に詠まれたとあるが、定家の家集『拾遺愚草』には建保四年六月とある。するとこれは順徳院の「内裏百番歌合」である。「来ぬ人を」の歌はその九十一番で、順徳院の左歌に合せ自ら勝判を出した。院の歌は「よる浪のおよばぬうらの玉松のねにあらはれぬ色ぞつれなき」である。

院と定家は十番を合せているが、その中で定家は院に「勝」五を献じ、「持《じ》」は三、定家自身の「勝」を二としている。この自ら「勝」判を下した一首が「来ぬ人を」であった。この歌は「松帆の浦」など『万葉集』の歌枕が使われ、耳なれぬ印象もあるが、定家の文学的緊張がみえる技巧的な野心作であることもうなずけるものだ。

上句に海辺の夕凪の情景に合せて来ぬ人を待つ恋する女の姿を想像させ、下句では身を揉むような情念を、「焼くやもしほの」と三・四調に切れを入れて短いセンテンスで、心砕けるさまを表出しているのがみごとである。ただ、あまり巧緻に言葉がつまっていると、言葉わざにのみ目がいって、知的理解にとどまり、恋の心が薄くなる。定家はそのことに腐心していた点もみとめられるが、この歌はあえて自らの技巧の極に挑んだのであろう。この粘りのある言葉の連鎖は今日に復元することはなかなか困難である。（馬場あき子）

風そよぐならの小川につれ去らん
熱き海の香にふくらめる唇《くち》

❖風そよぐならの小川の夕暮はみそぎぞ夏のしるしなりける

新勅撰和歌集　巻三・夏・一九二　詞書「寛喜元年女御入内の屏風」

098

Junii Ietaka 従二位家隆 × 馬場あき子 Baba Akiko

……風が楢の葉に吹きよせる上賀茂の御手洗川、その夕暮れは涼しくて秋のようだが、みそぎをしているのが夏のしるしであるよ。

ただ一つの夏のしるし

『新勅撰和歌集』の夏の部に収録されたこの歌には、「寛喜元年（一二二九）女御入内《にょうごじゅだい》の屏風」のための歌として詠まれたものとある。天皇は後堀河天皇、女御は藤原道家の女竴子《そんし》である。入内（はじめて内裏に入ること）は十一月三日であった。家隆の歌集『壬二集《みにしゅう》』をみると一月から十二月まで、その月の風情景物を三首ずつ、計三十六首詠じている。

この歌は六月の祓《はらえ》の歌で上賀茂の奈良の小川の景を題としているが、家隆が参考にしたであろう歌として、「夏山のならの葉そよぐ夕ぐれはことしも秋のここちこそすれ」（『後拾遺和歌集』）があげられる。夏の中に秋の涼味を孕んだ上賀茂の水辺を詠んでいる点では同じ趣きだが、原歌のくっきりした夏と秋との対立に比べて、家隆の上下の対比はじつに柔軟で、全体が秋の気分を醸する涼しさをもっている中で、六月の祓のみそぎだけが目に映る「夏」のしるしだといっているのが面白く、なかなか真似ることのできない巧さだ。

『明月記』によれば、こうした晴の屏風歌には題詠者それぞれがかなりの緊張を強いられたらしく、親しい間で見せ合ったり、批評を受け入れて改作したりしている。定家ももちろんこの時の御屏風歌の作者であった。定家と家隆は互いに敬しあう歌人であったが、『今物語』という説話の中には、摂政良経の下問に対し、家隆は懐中していた定家の歌を何気なく落して退出し、定家は退席に当って家隆の歌を吟じたと伝えている。（馬場あき子）

背かれた悔より愛しすぎた悔
青い鳥などこの世にゐない

❖人も愛《を》し人も恨めしあぢきなく世を思ふゆゑにもの思ふ身は

続後撰和歌集　巻一七・雑中・一二〇二　詞書「題しらず」

099

Gotoba In　後鳥羽院　×　馬場あき子　Baba Akiko

……人がいとおしくも、また恨めしくも思われる。つまらなくこの世を思うわが身には。

人ごころ

この歌は『後鳥羽院御集』によれば「建暦二年十二月二十首御会　五人百首中」という中の「述懐」の歌として詠まれた五首の中にある。五人とは定家、家隆、秀能《ひでよし》、そして院、その他一名は未詳である。人々が二十首ずつ詠んで百首とした歌会で、院は春五首、秋十首、述懐五首の二十首でまとめている。

建暦二年（一二一二）は院三十三歳の時であるが、この述懐の五首にはかなり実体がありそうな、本音を帯びた言葉が吐露されていて注目される。「人ごころ恨みわびぬる袖の上をあはれとや思ふ山の端の月」という述懐五首の冒頭の一首に対応して、いっそう具体的な感情がみえるのがこの「百人一首」に採られた歌。その人を「惜し」とか「愛し」と思うとともに、反面に「恨めし」とも思ふ。そのゆえに世の中まで「あぢきなく」（つまらなく）思われ、つまるところ、人間とは何か、生とは何か、と問いつめ物思いにふけってしまうというのである。

述懐五首には「いかにせんみそぢあまりの初霜を」というフレーズもあり、「うき世厭ふ思ひは年ぞ積りぬる」という三十三歳にしては早すぎる年齢意識と、孤心に満ちた一連になっている。しかし、こうした「人ごころ」への絶望はむしろ今日的である。いや、永久に人とはそういうものかもしれない。院が、反幕府の兵を挙げるのはこの約十年後の承久三年（一二二一）五月。まだしばらくの時間があった。定家はここで惜しまれた人を知っていたのか。（馬場あき子）

昔の時間の濃き美しさいふなれば
生物のもつ秩序のやうな

❖百敷《ももしき》や古き軒端のしのぶにもなほ余りある昔なりけり

続後撰和歌集　巻一八・雑下・一二〇五　詞書「題しらず」

100

Juntoku In 順徳院 × 馬場あき子 Baba Akiko

……宮中の古い軒端に生えているしのぶ草のように、いくら偲んでも余りある昔の御代であるなあ。

感情の流露

順徳院は後鳥羽院の皇子。承元四年（一二一〇）即位したが、父院の討幕計画に参画して佐渡に流された。歌書『八雲御抄《やくもみしょう》』があり、その歌を集めた『順徳院御集』がある。この歌は御集の配列からみると建保四年（一二一六）頃の作で「二百首和歌」の百首目に置かれている。季節の移ろいからみると年暮の述懐の心を詠んでいるようだ。

「ももしき」は「百敷」で宮中の立派な建物そのものを意味する。「大宮」にかかる枕詞としても使われるが意味は同じである。年表をみると、後鳥羽院、土御門院の「百首和歌」が成立しており、その刺激を受けての作成かもしれない。しかし一方では実朝が渡宋計画を秘して陳《ちん》和卿《なけい》に大船の建造を命じたのもこの年である。

どこか不穏な空気が漂う関東に対し、いよいよ寂びれゆく宮中の気配に、父院の焦りを感じつつ、非力な自らは和歌に逃れるほかなかったといえるのかもしれない。旺盛な作歌力がその御集から感じられるが、ほとんどが題詠である。「百人一首」に採られたこの歌は感情が一首全体に流露しているのも切実だ。回想されているよき時代とは、政治力のあるよき宰相たちが天皇家を支えて、鎌倉の幕府とも意志の疎通があった時代であろう。

御集は承久の乱を起す前年の承久二年（一二二〇）の大作七十首をもって終っている。最終歌をあげる。「さてもまたあらましかばと数ふれば手にもたまらぬ人ぞはなかき」。（馬場あき子）

新歌作者一覧

岡井 隆［1928―］愛知県生まれ。一八歳で「アララギ」入会。五一年に現在発行人をつとめる歌誌「未来」創刊に参加。著書に『禁忌と好色』（迢空賞）『親和力』（斎藤茂吉短歌文学賞）、評論集『岡井隆コレクション』（現代短歌大賞）歌集『ネフスキイ』（小野市詩歌文学賞）『X――述懐スル私』（短歌新聞社賞受賞）など多数。近著に『木下杢太郎を読む日』（幻戯書房）『響き合う対話』（共著）がある。

高島 裕［1967―］富山県生まれ、在住。九五年に上京し短歌を始める。〇三年帰郷。第一歌集『旧制度（アンシャン・レジーム）』でながらみ書房出版賞受賞。〇四年から一二年まで季刊個人誌「文机」発行。一三年に第五歌集『饕餮の家』で寺山修司短歌賞を受賞する。現在、個人誌「黒日傘」発行。その他、歌集に『薄明薄暮集』『セレクション歌人 高島裕集』、散文集に『廃墟からの祈り』などがある。

佐伯裕子［1947―］東京都生まれ。九二年、歌集『未完の手紙』にて河野愛子賞受賞。一四年、『流れ』で日本歌人クラブ賞受賞。現在は歌誌「未来」選者をつとめる。エッセイ集に『斎藤史の歌』『家族の時間』『生のうた死のうた』などがある。

望月裕二郎［1986―］東京都生まれ。立教大学文学部卒業。〇七年から一〇年まで早稲田短歌会、〇九年から一一年まで同人誌「町」に参加する。一三年に書肆侃侃房より新鋭短歌シリーズとして歌集『あそこ』を刊行。

石川美南［1980―］神奈川県生まれ。一六歳で短歌を始め、〇三年に第一歌集『砂の降る教室』を刊行。歌誌「pool」［sai］で活動し、一一年には歌集『裏島』『離れ島』を刊行。近著に『怪談短歌入門』（東直子、佐藤弓生共著）がある。

今橋　愛［1976─］大阪府生まれ。京都精華大学人文学部卒業。在学中に岡井隆の講義を受講し、二三歳で短歌を始める。〇二年に北溟短歌賞受賞。〇三年に第一歌集『O脚の膝』を刊行する。現在、第二歌集『星か花を』を準備中。「未来」［sai］所属。

田村　元［1977─］群馬県生まれ。北海道大学法学部卒業。九九年「りとむ」に入会、翌年「太郎と花子」創刊に参加。〇二年に「上唇に花びらを」で歌壇賞受賞。一二年に第一歌集『北二十二条西七丁目』を刊行し、日本歌人クラブ新人賞・神奈川県歌人会第一歌集賞を受賞。

加藤治郎［1959─］愛知県生まれ、在住。八三年に「未来」に入会、現在選者をつとめる。八八年に『サニー・サイド・アップ』で現代歌人協会賞、九九年には『昏睡のパラダイス』で寺山修司短歌賞を受賞する。毎日新聞毎日歌壇、朝日新聞東海歌壇の選者をつとめる他、短歌研究新人賞選考委員、前川佐美雄賞選考委員などを歴任。

内山晶太［1977─］千葉県生まれ。九二年より短歌を始める。九八年に「風の余韻」で短歌現代新人賞を受賞。一二年に第一歌集『窓、その他』を刊行し、翌年、同歌集で現代歌人協会賞を受賞。「短歌人」「pool」所属。

沖ななも［1945─］茨城県生まれ。七四年、加藤克巳に師事し、歌誌「個性」に入会。九四年に「詞法」を創刊し、〇四年「熾」と改め、代表となる。〇八年より朝日新聞埼玉歌壇および埼玉新聞の短歌欄選者。また現代歌人協会常任理事をつとめる。

佐藤弓生［1964─］石川県生まれ。東京都在住。〇一年に「眼鏡屋は夕ぐれのため」で角川短歌賞受賞。主な歌集に『眼鏡屋は夕ぐれのため』『薄い街』、掌編集『うたう百物語』、共著に『怪談短歌入門』などがある。歌誌「かばん」会員。

大松達知［1970―］東京都生まれ。九〇年歌誌「コスモス」入会、現在は選者・編集委員。「棧橋」同人。歌集に『フリカティブ』『スクールナイト』『アスタリスク』、一四年には『ゆりかごのうた』にて若山牧水賞を受賞。

光森裕樹［1979―］兵庫県生まれ。沖縄県在住。〇八年に「空の壁紙」で角川短歌賞を受賞する。一一年には第一歌集『鈴を産むひばり』で現代歌人協会賞を受賞。第二歌集に『うづまき管だより』がある。

栗木京子［1954―］愛知県生まれ。八一年「塔」入会、現在選者。八四年に第一歌集『水惑星』刊行。九五年に『綺羅』で河野愛子賞、〇四年『夏のうしろ』で読売文学賞・若山牧水賞、〇七年『けむり水晶』で迢空賞など三賞を、一四年には『水仙の章』で斎藤茂吉短歌文学賞・前川佐美雄賞を受賞する。一四年、紫綬褒章受章。

米川千嘉子［1959―］千葉県生まれ。七九年「かりん」入会、現在編集委員。八九年に第一歌集『夏空の櫂』で現代歌人協会賞を受賞。続けて『一夏』（河野愛子賞）『滝と流星』（若山牧水賞）など活躍。一三年には『あやはべる』で迢空賞を受賞。歌集以外に『ちびまる子ちゃんの暗誦百人一首』などの著作がある。

仲井真理子［1952―］富山県生まれ、在住。九五年「原型富山」に入会し、短歌を始める。〇七年に辺見じゅん主宰の「弦」に同人として参加。〇九年「とやま文学賞」受賞。一四年には第一歌集『空と話す』が日本歌人クラブ北陸ブロック優良歌集賞を受賞。

雪舟えま［1974―］北海道札幌市生まれ。小樽市在住。九七年から二〇一三年まで「かばん」会員。一一年に第一歌集『たんぽるぽる』を刊行。小説集に『タラチネ・ドリーム・マイン』『バージンパンケーキ国分寺』『プラトニック・プラネッツ』、絵本『3びきの こねこ』など多方面で活躍する。

黒瀬珂瀾［1977―］大阪府生まれ。春日井建に師事。〇三年に第一歌集『黒耀宮』で、ながらみ書房出版賞受賞。〇五年に石川美南、今橋愛、高島裕らと短歌誌[sai]を創刊する。〇六年に「未来」に入会、現在選者をつとめる。

永井 祐［1981―］東京都生まれ。早稲田短歌会出身。〇二年「総力戦」で北溟短歌賞次席。ガルマン歌会などフリー参加の歌会、批評会等に参加しつつインターネット上でも活動。〇七年には石川美南・今橋愛・光森裕樹との短歌企画「セクシャル・イーティング」に参加。一二年に第一歌集『日本の中でたのしく暮らす』刊行。

川野里子［1959―］大分県生まれ。八四年「かりん」入会、現在編集委員。〇三年『太陽の壺』で河野愛子賞、〇九年『幻想の重量 葛原妙子の戦後短歌』で葛原妙子賞、一〇年には『王者の道』で若山牧水賞を受賞する。

山田 航［1983―］北海道札幌市生まれ、在住。「かばん」「pool」「北大短歌」所属。〇九年「夏の曲馬団」で角川短歌賞、「樹木を詠むという思想」で現代短歌評論賞を受賞。一二年に第一歌集『さよならバグ・チルドレン』を刊行し、北海道新聞短歌賞・現代歌人協会賞、一三年には早稲田大学坪内逍遙大賞奨励賞を受賞する。

荻原裕幸［1962―］愛知県生まれ、在住。八六年塚本邦雄に師事。八七年「青年霊歌」で短歌研究新人賞を受賞。八八年に第一歌集『青年霊歌』刊行。〇六年には名古屋市芸術奨励賞受賞。歌集に『世紀末くん！』『デジタル・ビスケット』などがある。

今野寿美［1952―］東京都生まれ。「りとむ」編集人。七九年「午後の章」により角川短歌賞を受賞する。八九年には歌集『世紀末の桃』で現代短歌女流賞、〇五年『龍笛』で葛原妙子賞、『さくらのゆゑ』まで十歌集、著書に『24のキーワードで読む与謝野晶子』和歌エッセイ集『歌がたみ』など。宮中歌会始選者。

東　直子［1963―］広島県生まれ。東京在住。「かばん」会員。九六年「草かんむりの訪問者」で歌壇賞を受賞し、第一歌集『春原さんのリコーダー』刊行。その他の歌集に『東直子集』『十階』など。〇六年には『長崎くんの指』で小説家としてもデビュー。近著に『鼓動のうた』『いつか来た町』『いとの森の家』などがある。

尾崎左永子［1927―］東京都生まれ。鎌倉市在住。佐藤佐太郎に師事。五七年に第一歌集『さるびあ街』が日本歌人クラブ推薦歌集となる。九九年『夕霧峠』で迢空賞を受賞。〇一年、歌とことばの雑誌『星座』を創刊する。古典に造詣が深く『源氏の恋文』『源氏の明り』『王朝文学の楽しみ』など著書多数。

馬場あき子［1928―］東京都生まれ。「かりん」主宰。古典・能などに造詣が深く、著書に『式子内親王』『鬼の研究』『百人一首』などがある。歌集に『葡萄唐草』（迢空賞受賞）『阿古父』（読売文学賞受賞）『鶴かへらず』（前川佐美雄賞受賞）など多数。

本歌作者一覧

1 **天智天皇**［626―671］第38代天皇、中大兄皇子。大化の改新、近江への遷都など大きな改革を行う。

2 **持統天皇**［645―702］第41代天皇、天智天皇（1番）の第二皇女。旅を多くし、それを機に柿本人麻呂の歌が生まれるなど、万葉歌風が最盛期を迎えた。

3 **柿本人麻呂**［生没年未詳］低い身分ではあるが、天皇の行幸に従い、多くの歌を献上した。平安時代以降は歌神として神格化される。

4 **山辺赤人**［生没年未詳］聖武天皇に仕えた宮廷歌人。『万葉集』に長歌13首、短歌37首を残す。

5 **猿丸大夫**［生没年未詳］実在の疑わしい伝説的人物で『古今集』真名序に「大友黒主之歌、古猿丸大夫之次也」とあるのみ。

6 **中納言家持**［717?―785］大伴家持。越中守時代の歌や、妻の坂上大嬢と交わした歌など『万葉集』に470余の歌を残す。

7 **安倍仲麻呂**［698―770］遣唐使として唐に渡る。玄宗皇帝に仕え、李白、王維らの詩人とも交流した。753年、帰国の帰途につくが難破し、唐の地で没す。

8 **喜撰法師**［生没年未詳］『古今集』序に六歌仙の一人とされているが、確実な歌はこの1首だけという伝説的人物。

9 **小野小町**［生没年未詳］文屋康秀（22番）や遍昭（12番）らとも交流があり、繊細で情熱的な歌を多く詠み、美人の代名詞として名高い。

10 **蟬丸**［生没年未詳］『今昔物語集』などに盲目の琵琶の名人という話があるが、実像ははっきりしない。

11 **参議篁**［802―852］小野篁。遣唐副使になるも、大使藤原常嗣と争って乗船を拒んだため、隠岐へ配流。のちに許されて参議となる。

12 **僧正遍昭**［816―890］俗名・良峯宗貞。桓武天皇の孫で蔵人頭になるも仁明天皇崩御にともない出家。出家後も光孝天皇らとの歌の交流は続いた。

13 **陽成院**［868―949］第57代天皇。常軌を逸した行動が多かったと伝えられ、藤原基経によって廃されて光孝天皇（15番）に譲位。

14 **河原左大臣**［822―895］源融。嵯峨天皇の皇子で臣籍降下。豪邸河原院（47番歌は河原院跡で詠まれた）を造り、宇治の別荘はのちに平等院となる。

15 **光孝天皇**［830―887］第58代天皇。陽成天皇（13番）を廃した藤原基経に迎えられ、55歳で即位した。歌、音楽の才に富む。

16 **中納言行平**［818―893］在原行平。阿保親王の息子で業平（17番）の兄。この歌をモチーフに謡曲「松風」が作られる。

17 **在原業平朝臣**［825—880］歌才に恵まれ、『伊勢物語』の主人公として、みやび男のイメージがつくられた。

18 **藤原敏行朝臣**［?—901?］空海とならぶ能書家。三十六歌仙の一人で、技巧的でありながら、清新な感覚の歌を詠む。

19 **伊勢**［生没年未詳］藤原温子に仕え、仲平（温子の兄）との恋に破れた後、宇多天皇の寵愛を受けて皇子を生む。紀貫之とならぶ歌人と称された。

20 **元良親王**［890—943］陽成院（13 番）の第一皇子。風流好色の貴公子として『大和物語』に逸話が載る。

21 **素性法師**［生没年未詳］良峯宗貞（12 番）の息子。若くして出家するも、醍醐天皇から寵愛を受け、屏風歌を書くなどしている。

22 **文屋康秀**［生没年未詳］朝康（37 番）の父。二条后高子のもとに出入りし、小野小町とも交流があったとされる。

23 **大江千里**［生没年未詳］在原行平・業平の甥。宇多天皇の命により、唐代の詩人の詩句を題とした『句題和歌』を献上している。

24 **菅家**［845—903］菅原道真。当代一の漢学者で、宇多・醍醐天皇に重用されたが、藤原時平の讒により大宰権帥に左遷された。

25 **三条右大臣**［873—932］藤原定方。風流を好み、紀貫之らを庇護して延喜歌壇を支えた。

26 **貞信公**［880—949］藤原忠平。藤原基経の子で、兄・時平の死後、氏の長者となる。温厚勤勉な性格から人望が厚かったとされる。

27 **中納言兼輔**［877—933］藤原兼輔。定方（25 番）とは従兄弟で、同じく紀貫之や凡河内躬恒（29 番）らと交流し、歌壇の中核を担った。紫式部の曾祖父。

28 **源宗于朝臣**［?—939］光孝天皇（15 番）の皇子是忠親王の子。家集に紀貫之との贈答の歌があり、『大和物語』では低い官職を嘆いた話が載る。

29 **凡河内躬恒**［生没年未詳］官位は低かったが、歌人として紀貫之とともに藤原兼輔（27 番）邸に出入りし、屏風歌をたびたび詠進している。

30 **壬生忠岑**［生没年未詳］官位は低いが、歌集『忠岑集』を残し、「寛平御時后宮歌合」（18 番）の作者としても有名。

31 **坂上是則**［生没年未詳］『古今集』「撰者時代」の歌人として知られ、907 年の大井川御幸（26 番）にも従っている。蹴鞠の名手。

32 **春道列樹**［?—920］物部氏の末流。文章生を経て、920 年に壱岐守に任ぜられたが、赴任前に没したとされている。

33 **紀友則**［生没年未詳］紀貫之（35 番）の従兄弟で、『古今集』の撰者にもなったが、奏覧の前に没す。

34 **藤原興風** ［生没年未詳］官位は低いが、藤原高子の五十賀において屏風歌を詠進するなど、歌人として名をなす。琴の師で、管弦に秀でたという。

35 **紀貫之** ［?—945?］『古今集』の撰者で、仮名序を書くなど、中心的役割を果す。

36 **清原深養父** ［生没年未詳］元輔（42 番）の祖父で、清少納言（62 番）の曾祖父。琴に優れ、藤原兼輔（27 番）邸へ出入りしていた。

37 **文屋朝康** ［生没年未詳］康秀（22 番）の息子。『是貞親王家歌合』（5 番、23 番）などに名が見られる。

38 **右近** ［生没年未詳］醍醐天皇后穏子の女房。『大和物語』によれば、藤原敦忠（43 番）のほか、元良親王（20 番）や藤原朝忠（44 番）らと恋をしたらしい。

39 **参議等** ［880—951］源等。『後撰和歌集』に 4 首入首。

40 **平兼盛** ［?—990］光孝天皇（15 番）の玄孫、「後撰時代」の有力歌人。

41 **壬生忠見** ［生没年未詳］忠岑（30 番）の息子で、屏風歌を多く残す。三十六歌仙。

42 **清原元輔** ［908—990］深養父（36 番）の孫、清少納言の父。梨壺の五人として『後撰集』を撰進。『今昔物語集』に逸話あり。

43 **権中納言敦忠** ［906—943］藤原敦忠。在原業平（17 番）の曾孫で、枇杷中納言ともよばれた琵琶の名手。

44 **中納言朝忠** ［910—966］三条右大臣定方（25 番）の五男。『大和物語』に右近（38 番）ら女房との贈答歌がある。笙の名手。

45 **謙徳公** ［924—972］藤原伊尹。義孝（50 番）の父、太政大臣に至る。和歌・才貌ともに優れ、多くの女性との贈答歌を残す。

46 **曾禰好忠** ［生没年未詳］百首歌を始め、清新な歌を多く残したが、性格が偏屈で不遇に過ごした。

47 **恵慶法師** ［生没年未詳］河原院に住んでいた源融の子孫、安法法師と親しかったか。『拾遺集』以下の勅撰集に 56 首入首。

48 **源重之** ［生没年未詳］下級役人で藤原実方（51 番）の陸奥守赴任に随って下向したという。平兼盛（40 番）と親しく交流。

49 **大中臣能宣朝臣** ［921—991］祭主で、伊勢大輔（61 番）の祖父。清原元輔（42 番）とともに、梨壺の五人に選ばれる。

50 **藤原義孝** ［954—974］伊尹（45 番）の息子で、三蹟の一人行成の父。美男で名高いが、疱瘡にかかり夭折。

51 **藤原実方朝臣** ［?—998］円融・花園院の寵を受けたが、藤原行成と争い陸奥へ左遷されたという。清少納言との恋愛も有名。

52 **藤原道信朝臣** ［972—994］「いみじき和歌の上手」であったが、23 歳で夭折。藤原実方、公任（55 番）と特に親しい。

53 **右大将道綱母**［937?—995］藤原兼家と結婚し、道綱を生む。本朝三美人の一人だが、結婚生活の嘆きを綴った『蜻蛉日記』を残している。
54 **儀同三司母**［?—996］高階貴子。漢文・詩に優れた才女。藤原道隆と結婚し、伊周、隆家、定子らを生むが、中関白家没落の悲運のなか没する。
55 **大納言公任**［966—1041］藤原公任。学識ゆたかな才人で、『和漢朗詠集』編者、歌学書『新撰髄脳』の作者としても名高い。
56 **和泉式部**［生没年未詳］和泉守橘道貞と結婚し、小式部内侍（60 番）を生む。為尊・敦道親王との恋愛後、中宮彰子に仕え、藤原保昌に嫁して丹後に下る。
57 **紫式部**［978?—?］藤原宣孝と結婚し、大弐三位（58 番）を生む。夫没後に中宮彰子に仕え、『源氏物語』『紫式部日記』を書く。
58 **大弐三位**［生没年未詳］藤原賢子。母のあとを継いで彰子に仕える。後冷泉天皇の乳母として従三位に叙された。
59 **赤染衛門**［生没年未詳］赤染時用の娘とされるが、実父は平兼盛（40 番）とも。道長室倫子に仕え、大江匡衡と結婚、良妻賢母の誉れ高い。
60 **小式部内侍**［?—1025］橘道貞と和泉式部（56 番）の娘。彰子に仕え、藤原教通、定頼からも愛されたが、母に先立って病没。25、6 歳か。
61 **伊勢大輔**［生没年未詳］大中臣能宣（49 番）の孫。上東門院彰子に仕え、紫式部、和泉式部、相模、源経信（71 番）らとも交際した。
62 **清少納言**［生没年未詳］清原元輔（42 番）の娘、深養父（36 番）の曾孫。定子に仕え、『枕草子』を書く。
63 **左京大夫道雅**［992?—1054］儀同三司母（54 番）の孫。祖父関白道隆に愛されたが、父の失脚後は不遇に過ごした。
64 **権中納言定頼**［995—1045］藤原公任（55 番）の子。小式部内侍に 60 番の歌を詠ませた人で、多少軽薄なところがあったか。
65 **相模**［生没年未詳］相模守大江公資の妻となり相模と呼ばれたが、離別後、脩子内親王へ出仕。藤原定頼（64 番）とも浮名を流した。
66 **前大僧正行尊**［1055—1135］参議源基平の子。園城寺に入り、天台座主となる。若い頃は山伏修行を重ねた。
67 **周防内侍**［?—1110?］平仲子。後冷泉から堀河天皇まで 4 代に出仕。
68 **三条院**［976—1017］第 67 代天皇。眼病などのため、8 歳であった道長の外孫の後一条天皇に譲位。
69 **能因法師**［988—?］初め文章生となったが、のち出家。数寄の者として逸話が多く、奥州など諸国を旅した。
70 **良暹法師**［生没年未詳］比叡山の僧で、祇園の別当。橘俊綱の伏見邸サロンに参会。
71 **大納言経信**［1016—1097］源経信。俊頼（74 番）の父。藤原頼通

治下の歌壇にて重きをなしたが、大宰府権帥として大宰府で没する。
72 **祐子内親王家紀伊** ［生没年未詳］ 歌人である母・小弁とともに後朱雀天皇の祐子内親王に出仕し、多くの歌合に参加。
73 **前権中納言匡房** ［1041―1111］ 大江匡房。匡衡・赤染衛門（59番）の曾孫で当代一の博学で知られる。
74 **源俊頼朝臣** ［1055―1129］ 官位には恵まれなかったが、歌人としては『堀河百首』を企画し、歌論『俊頼髄脳』を残すなど活躍。
75 **藤原基俊** ［1060―1142］ 右大臣俊家の子ながら低位にとどまる。俊頼（74番）の好敵手であり、歌合判者として活躍。
76 **法性寺入道前関白太政大臣** ［1097―1164］ 藤原忠通。関白太政大臣従一位に至り、俊頼・基俊を中心に歌壇を形成。
77 **崇徳院** ［1119―1164］ 第75代天皇。保元の乱に敗れ、讃岐で没する。顕輔（79番）に『詞花集』撰進を命じた。
78 **源兼昌** ［生没年未詳］ 美濃介俊輔の子、従五位下に至る。堀河院、忠通家歌壇に属するか。
79 **左京大夫顕輔** ［1090―1155］ 藤原顕輔。父・顕季以来の和歌の六条藤家を継ぐ。源俊頼とも親交があった。
80 **待賢門院堀河** ［生没年未詳］ 神祇伯顕仲の娘。初め前斎院に仕えて六条といい、待賢門院に仕えて堀河といった。西行とも親しい。
81 **後徳大寺左大臣** ［1139―1191］ 藤原実定。定家の従兄弟にあたる。平宗盛に官をこえられて厳島に詣でたことで左大将になった（『平家物語』）など逸話が多い。蔵書家。
82 **道因法師** ［1090―?］ 俗名藤原敦頼、従五位に至る。80歳を過ぎて出家、治承3年（1179）の『右大臣家歌合』に90歳で出席している。
83 **皇太后宮大夫俊成** ［1114―1204］ 藤原俊成。定家の父。基俊（75番）に学び、俊頼（74番）に私淑し、和歌の御子左家を創立。後白河法皇の命で『千載集』を撰進。
84 **藤原清輔朝臣** ［1104―1177］ 顕輔（79番）の子。『続詞花集』を二条天皇に撰進したが、崩御により勅撰集とならず。
85 **俊恵法師** ［1113―?］ 源俊頼の子で若くして出家。白河の自坊を歌林苑と呼び、藤原清輔（84番）や寂蓮（87番）など多くの歌人が出入りした。鴨長明は弟子。
86 **西行法師** ［1118―1190］ 俗名佐藤義清。北面の武士であったが、23歳で出家、奥州や中国・四国など各地を旅した。
87 **寂蓮法師** ［1139 ?―1202］ 藤原俊成（83番）の養子となり、のち出家。御子左家の有力歌人で、『新古今集』撰者の一人だが、撰進前に病死。
88 **皇嘉門院別当** ［生没年未詳］ 崇徳院の妃となった皇嘉門院に仕え、兼実家の歌合に多く参加。

89 **式子内親王**［1149—1201］後白河院の皇女。賀茂の斎院となり、退下後独身で過ごす。俊成（83 番）を和歌の師とし、『古来風躰抄』は彼女のために書かれた。

90 **殷富門院大輔**［生没年未詳］後白河院皇女亮子内親王に出仕。俊恵（85 番）の歌林苑の一員で、多作で知られた。

91 **後京極摂政前太政大臣**［1169—1206］藤原良経。俊成を和歌の師とし、定家の後援者でもあった。『新古今集』の仮名序を書く。

92 **二条院讃岐**［1141—1217］源三位頼政の娘。二条天皇や後鳥羽天皇中宮の宜秋門院に出仕。歌林苑にも交わり、長く歌壇で活躍。

93 **鎌倉右大臣**［1192—1219］源実朝。三代鎌倉将軍。和歌を定家に学び、『近代秀歌』などを贈られた。家集に『金槐和歌集』がある。

94 **参議雅経**［1170—1221］藤原雅経。和歌を俊成に学ぶ。蹴鞠にも優れ、雅経を祖とする飛鳥井家は歌・蹴鞠で栄えた。『新古今集』撰者の一人。

95 **前大僧正慈円**［1155—1225］関白藤原忠通（76 番）の子で、良経（91 番）の叔父。政治的に影響力を持ち、天台座主を 4 度つとめる。

96 **入道前太政大臣**［1171—1244］藤原公経。親幕派として、承久の乱後は権勢を誇る。公経の姉は定家の妻で、彼を庇護した。

97 **権中納言定家**［1162—1241］藤原定家。俊成（83 番）の子。「百人一首」の撰者で、『新古今集』撰者の一人。

98 **従二位家隆**［1158—1237］藤原家隆。寂蓮（87 番）の女婿となり、和歌を俊成に学ぶ。『新古今集』撰者の一人で、後鳥羽院（99 番）の信任もあつい。

99 **後鳥羽院**［1180—1239］第 82 代天皇。数多くの歌合を催し、新古今歌風を花開かせたが、承久の乱の失敗により隠岐に流される。

100 **順徳院**［1197—1242］第 84 代天皇。定家に和歌を学び、歌学書『八雲御抄』などを残す。父後鳥羽院とともに承久の乱を起こすも、佐渡に流される。

トリビュート百人一首

二〇一五年三月三日　第一刷発行

編　者　幻戯書房
発行者　田尻　勉
発行所　幻戯書房
〒一〇一-〇〇五二　東京都千代田区神田小川町三-一二　岩崎ビル二階
電話　〇三-五二八三-三九三四
FAX　〇三-五二八三-三九三五
URL　http://www.genki-shobou.co.jp/
印刷製本　中央精版印刷
ISBN 978-4-86488-065-7　C0093